사랑하는 신출길 여사께

손녀가 듣고 기록한
할머니 자서전

응답하라
제주할망

말 신술길   글 이경란

한그루

평범한 할머니의 이야기 속에
제주가 담겨 있고,
세상이 담겨 있었다

할머니가 나고 자란 법환에서 태어난 손녀, 법환의 상군
해녀였던 할머니를 존경하는 마음으로 법환 해녀학교를 다
니며 물질을 배웠다. 나를 키운 제주와 바다를 사랑하는 마
음을 키워갔다.

해녀 할망과 해녀 지망생 손녀, 해녀와 바다라는 연결고리
로 이야기를 나누기 시작했다. 둘째 아이는 뱃속에 임신하
고, 3살 첫째 아이는 뗏목 위에 태우고 물질했다는 그 시절
이야기, 선배 해녀들이 노를 저으며 불렀던 노동요 '이어도
사나'는 정말 아름답고 끝내주었다는 이야기. 할머니가 풀어

주시는 옛이야기보따리가 너무나도 재미있었다. 그렇게 손녀는 할머니의 이야기에 귀를 기울여갔다.

제주 생활사에 관심이 커져 본격적으로 제주의 의식주, 문화, 역사에 관해 공부를 하게 됐다. 책과 강의에서 접한 내용이 할머니의 이야기 속에 담겨 있어 놀랐다. 할머니의 이야기 속에 제주가 담겨 있었다. 할머니의 삶이 제주 생활사 그 자체였던 것이다.

참 소중했다. 할머니도, 이야기도. 하지만 이렇게 할머니의 이야기를 들을 수 있는 시간이 언제까지 주어질 수 있을까? 시간은 언제까지나 우리를 기다려주는 게 아님을 알고 있다. 제주할망 전문 인터뷰 작가 정신지는 〈할망은 희망〉에서 '기록되지 못한 삶의 기억들이 찍어내는 소리 없는 마침표가 하나둘 늘어간다'며 '무거운 엉덩이를 털고 일어나 서로를 만나야 한다'고 말한다. 할머니와 이야기를 떠나보내고 난 후에야 후회하고 싶지 않았다. 할머니의 목소리를 듣기 위해, 기록하기 위해 몸을 일으켜 세웠다. 할머니를 찾아뵙고 할머니의 이야기가 담긴 책을 내겠다고 약속드렸다.

어린 나이부터 노동을 하느라, 낭장 먹고시는 게 일이라 글을 배우지 못했던 할머니를 대신해 손녀딸이 할머니의 이야기를 기록하기 시작했다. 할머니를 존경하고 사랑하는 시선으로 바라보고, 귀를 기울여 이야기를 듣고, 그 소중한 이야기를 다시 글로 옮겨내었다. 할머니의 말맛을 살리기 위해 할머니와 나의 대화를 있는 그대로 담았다. 이 책은 인터뷰집이라 할 수도, 구술 채록이라 할 수도 있다. 책의 부제에 담겨 있듯이 이 책의 정체성은 '자서전'이다. 자서전의 뜻은 '작자 자신의 일생을 소재로 스스로 짓거나, 남에게 구술하여 쓰게 한 전기'이다. 손녀가 할머니의 눈이, 귀가, 손이 되어 할머니의 역사를 오롯이 담았다는 의미를 전하고 싶었다.

이 책에는 할머니의 90년 역사가 담겨 있다. 1부 '우리 살아난 건 골아도 몰라'에서는 그 시절의 의식주, 문화 등이 담긴 제주 생활사를, 2부 '나의 역사는 닦이지가 않는다'에서는 당신의 사람들과 해녀 이야기 등 할머니의 개인사를 풀어나간다.

'손녀가 듣고 기록한 할머니 자서전' 프로젝트는 할머니의 역사를 기록으로 남기고 싶다는 마음으로 나를 위해 시작된 일이다. 하지만 이 작업의 영향력은 내가 생각했던 것보다 더 크게 다가왔다. 할머니를 찾아뵙고, 할머니를 대신해 할머니의 역사를 기록하는 작업을 하면서 나와 할머니 사이에 보이지 않는 끈이 생겨 따뜻하게 엮였다는 느낌을 받는다.

할머니의 이야기를 궁금해하고 질문을 하기 시작했을 때 할머니는 많이 부끄러워하셨다. '기억이 안 난다', '말할 거 없다'고 하시던 할머니께서 이제는 먼저 당신의 이야기를 내어주신다. 처음엔 쑥스러워했지만 어느새 물어보지 않아도 당신 얘기를 하시고, 질문에 답하는 걸 자연스러워하시며 신나게 말씀해주시는 할머니가 참 사랑스러웠다. '요망진 손녀딸 덕분에 이런 경험도 해본다'는 할머니의 말씀은 나의 행복이었다. 할머니의 환한 미소를 본 순간, 이 작업하길 참 잘했다는 마음이 환하게 펴져나갔다.

이 작업을 하면서 많은 분들로부터 따뜻한 응원을 듬뿍 받았다. 할머니를 바라보는 손녀의 사랑스러운 시선이 느껴져서 좋다는 말씀. 할머니의 제주어가 생생히 들리는 듯하고, 비슷한 시절을 살아왔던 당신의 부모님께 보여드리면 좋아하실 것 같다는 말씀. 어른들의 이야기를 귀기울여 듣는 것

프롤로그

을 소중하게 여겨줘서 고맙다는 말씀. 이 작업에 감사한 의미를 부여해주고 뚝심을 갖고 진행해보라는 응원들이 나를 더욱 자라게 해주었다.

친척 어른들의 진심 어린 관심과 좋은 말들 역시 정말 큰 힘이 되었다. 시간을 들여 글을 읽어주시고 미소를 지으시며 글에 몰입하시는 모습은 나의 두 번째 행복이었다. 무뚝뚝한 어른들의 입에서 나온 '읽을 만 하다', '어머니 말을 글로 보니 새롭고 재밌다'는 말씀이 얼마나 큰 칭찬인지 나는 안다.

무엇보다도 이 작업을 통해 얻게 된 가장 큰 수확은 바로, '이야기의 힘'을 알게 되었다는 것이다. 누군가의 이야기를 궁금해하고, 이야기와 사람을 찾아가고, 귀와 마음을 열고, 이야기 속에 함께 웃을 수 있다는 것이 얼마나 소중한 일인지 알게 되었다. 듣는 사람과 들려주는 사람 모두를 행복하게 하고 그 공간을 따뜻하게 변화시킬 힘이 있다는 것을 알게 되었다.

이야기를 통해 할망은 응답했다. 할머니의 세계로 들어가는 문을 두드리자 할머니는 당신의 이야기로 우리의 삶을 어루만져 주었다. 무전기를 통해 멀리 떨어져 있는 사람이 연결되듯, 할머니의 응답으로 공간과 공간이 연결되고 시간과 시간이 연결되었다.

책을 읽으시는 분들께도 세대를 뛰어넘은 이 응답이 닿길 바란다. 할머니의 이야기에 들어가 그 시절의 제주를 맘껏 누린다면 이해와 공감이라는 실로 끈끈하게 엮어지게 될 것이다.

응답하라, 제주할망!

차례

1부
우리 살았던 것은 말해도 몰라

할머니의
이야기에 담긴
제주 생활사

이름은 신술길

1934년생
상군해녀

일제강점기에 태어나 제주4·3과 6·25 전쟁, 새마을 운동, 21세기까지, 그녀의 역사에 제주의 근현대사가 담겨 있다.

서귀포의 어촌 마을인 법환에서 태어나 평생을 한 마을에서 살았다.

해녀인 어머니를 따라 13살부터 물질을 시작했고, 75살이 되는 해까지 60년이 넘는 세월 동안 해녀 일을 했다. 해녀 중에서도 물질 능력으로 가장 인정받는 '상군 해녀'였다.

할머니의 명대사는 바로, 말해도 모른다는 뜻의 제주어 '골아도 몰라'.

지금 세대에게 아무리 말을 해도 상상이 안 될 정도로 고되고 열악했던 그 시절, 그 세월. 할머니의 '아이고' 소리에는 치열했던 90년의 세월이 담겨 있다.

이름은 이경란

1993년생
요망진 똘내미

늘 어린이로 살 수 있는 직업, 초등 교사이다. 아이들에게 '라니쌤'으로 불리고 있다.

태어나고 자란 법환 마을을 사랑한다. 상군 해녀였던 할머니의 피를 물려받아 바다와 해녀에 애정을 느끼고 2018년에 법환 해녀학교에 다니며 해녀 삼춘들께 물질을 배웠다. 법환 해녀학교가 최종 학력이라고 자랑스럽게 말하고 다닌다.

제주의 어른들, 삼춘들, 할머니의 옛날 이야기를 들으며 제주 생활사에 커다란 흥미를 느끼게 되었다. 그 이야기보따리를 아이들에게 전하는 연결고리가 되겠다는 사명을 가지고 있다.

제주의 문화와 제주어를 담은 노래를 만들고 부르는 교사 모임 '혼디놀레'로 활동하며 1집 앨범 〈검은 인어공주〉, 싱글 앨범 〈요망진 똘내미, 오름 오르게!〉를 발매했다. 아이들과 함께 제주를 노래하고 이야기 나누는 것에 행복을 느끼고 있다.

제주할망
신술길 연대기

1934
9월 22일
신술길 여사 탄생

1946
13살
해녀 생활 시작

1947
14살
제주4·3사건 발발

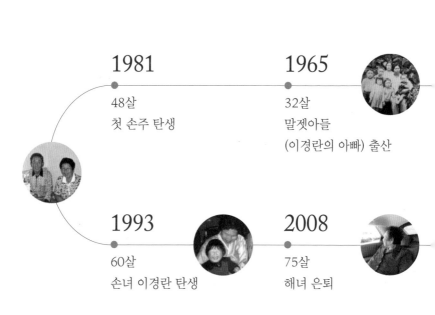

1981
48살
첫 손주 탄생

1965
32살
말젯아들
(이경란의 아빠) 출산

1993
60살
손녀 이경란 탄생

2008
75살
해녀 은퇴

1950

17살
6·25 전쟁 발발

1954

21살
결혼

1957

24살
큰딸 출산

1955

22살
현재의 집으로 터전 마련

2015

82살
할아버지 돌아가심

2023

90살
손녀와 함께 KBS 방송 출연

제주어는
제주어다

　할머니를 찾아가 그 시절엔 어떻게 살았는지 질문을 하고
할머니의 이야기를 들었다. 할머니와의 인터뷰를 영상으로
담고, 집에 와서 영상을 다시 보며 들리는 그대로 옮겨 적었
다. 글로 옮겨 적어도 할머니의 음성이 지원이 되는 듯이 생
생하게 들렸다. 우리 할머니 말, 진짜 맛깔나더라. 이 책을 읽
는 사람들 역시 할머니의 말맛을 느낄 수 있길 바랐다. 그렇
기에 표준어로 바꾸어 쓰기보다는 할머니 표현을 제주어로
온전하게 담고 싶었다. 할머니의 제주어를 표준어로 바꾸는
순간, 할머니가 말한 정서, 온도, 습도 모두 다 사라질 테니.

　하지만 제주어로만 쓰면 제주어를 잘 아는 사람들만 할
머니의 말을 이해할 수 있을 거라는 걱정이 들었다. 제주어
를 잘 모르는 사람들은 맥락 자체도 이해하기 어려울 수 있
다는 생각이 들었다. 그렇기에 할머니의 제주어를 그대로 담

고, 추가로 표준어 대역을 담았다. 외국 영화의 한국어 자막을 다는 마음으로 '육지인들의 제2외국어, 제주어'를 한국어로 번역해갔다.

번역을 하면서 느낀 건 '제주어는 제주어'라는 것이다. 표준어 해석에는 담기지 않는 제주어의 맛, 제주의 정서가 있었다. '왜 그렇게 했는지 모르겠어.'에는 없지만 '무사 경해신지 모르크라.'에는 할머니의 한탄과 투박한 세월이 담겨 있다.

할머니의 제주어가 육지분들께는 할머니의 말맛을 느끼고 제주어에 흥미를 느끼게 하는 기회가, 제주 토박이들께는 가족과의 대화를 떠올리게 하는 생생하고 친숙한 도구가 되길 바란다.

제주어는 제주어다

〈응답하라 제주할망〉을 재밌게 읽는 방법

STEP 1

먼저 제주어 페이지를 읽으며
할망의 말맛을 맛보세요.

STEP 2

어려운 제주어는 자신의 경험과
직감을 믿고 추측해보세요.

STEP 3

자신의 제주어 능력을 확인해보며
표준어 해석 페이지를 읽어보세요.
'제주어 자신 있다!' 하시는 분은
과감히 PASS!

제주어에는 아래아가 있어요.

93년생 손녀는 발음하기 어렵지만 34년생 할머니의 말씀에서는 들리는 발음이 있어요. 아래아 'ㆍ'는 '오'와 '어' 사이의 특별한 발음이에요. '오'와 가깝게 발음한다고 생각하면 편할 거예요. 예를 들어 '혼저'는 '혼저', '촘말로'는 '촘말로'라고 읽으면 돼요.

일러두기

· 할머니와 손녀의 대화를 있는 그대로 옮겨 적었어요.
· 손녀의 말은 파란색(회색), 할머니의 말은 검정색으로 표시했어요.
· '그 시절'은 할머니께서 가정 경제를 위해 노동을 하셨던 1940~1970년대를 말해요.

우리 살아난 건
골아도 몰라

1부

할망의 이야기에 담긴
제주 생활사

우리
살아난 건
골아도 몰라

"우리 살았던 것은 말해도 몰라"

할머니의 삶을 지금 세대에게 아무리 말해도
온전하게 이해할 수 없을 거라는 할머니 말씀

할머니,
본인 소개해 주세요

할머니, 본인 소개해 주세요. 책 읽는 사람들한테 '난 어떤 사람입니다.' 하고 할머니가 직접 얘기해 주세요.
무신걸 목적 잡앙 난 어떵헌 사람이녠 허느니게?

이름은 뭐고 어떻게 살아왔고, 이런 얘기들 해주세요.
난 그런 거 모르켜. '난 아무것도 모르는 사람이우다.'밖에 굴을 줄 모르켜.

'법환에서 태어났고 제주의 역사를 담고 있고 상군 해녀였다.' 이런 거 말씀해주셔요.
아이고, 아무것도 엇이 태어낫주. 나 5년 전이만 먼저 태어났어도 4·3사건이여 무슨 거여 안할 건디, 제일 때굳이 태어난 건 우리라. 4·3사건 들고 6·25 사변 들고. 4·3사건으로 해그넹 게나저나 저디강 보초 서멍 그런 고생은 엇주. 난 키 커부

난 15살부터 그디강 서시녜게.

4·3 때 보초 서러 간 게 많이 힘드셨구나. 너무 어릴 때부터 고생하셨어.
아이고, 그때 잘도 힘들엇져.

아, 차라리 몇 년 일찍 태어나셨으면 보초 서러 안 갔을 텐데.
응. 일찍 태어나시민 학교라도 댕기고 공부도 흐쏠 해져실건디. 그때는 전깃불이 잇어시냐, 수도가 잇어시냐. 밧디 강 완 물 져당 먹고. 전깃불도 엇곡 하난 이 시간쯤 되면 어딜 나가질 못하게 해나시녜. 난 막 때 궂은 때 태어나낫져. 경해도 부모네가 잘살아시민 공부하고 학교 가는 사람들 잇엇주게. 경헌디게 어멍네가 못살고 이디 재혼행 와불고허난 삶이 삶이냐? 그때 생각허민 지금은 대통령 삶이라, 대통령 삶.

할머니, 본인 소개해 주세요. 책 읽는 사람들한테 '난 어떤 사람입니다.' 하고 할머니가 직접 얘기해 주세요.

무엇을 목적 잡아서 난 어떤 사람이라고 하겠니?

이름은 뭐고 어떻게 살아왔고, 이런 얘기들 해주세요.

난 그런 거 모르겠다. '난 아무것도 모르는 사람입니다.'밖에 말할 줄 몰라.

'법환에서 태어났고 제주의 역사를 담고 있고 상군 해녀였다.' 이런 거 말씀해주셔요.

아이고, 아무것도 없이 태어났지. 내가 5년만 일찍 태어났어도 4·3사건이든 뭐든 안 겪었을 텐데, 제일 세월이 힘들 때 태어난 건 우리 세대야. 4·3사건 일어나고 6·25사변 일어나고. 4·3사건으로 그나저나 저기 가서 보초 서느라 그런 고생은 없었지. 난 키가 커서 15살부터 거기 가서 보초 섰어.

4·3 때 보초 서러 간 게 많이 힘드셨구나. 너무 어릴 때부터 고생하셨어.

아이고, 그때 너무 힘들었어.

아, 차라리 몇 년 일찍 태어나셨으면 보초 서러 안 갔을
텐데.

응. 일찍 태어났으면 학교라도 다니고 공부도 조금 할 수
있었을 텐데. 그때는 전깃불이 있었겠어, 수도가 있었겠
어. 밭에 다녀오고 물 지어다가 마셨지. 전깃불도 없으니
까 이 시간쯤 되면 어딜 나가질 못하게 했었어. 난 정말
힘든 시절에 태어났어. 그래도 부모가 잘살면 공부하고
학교 가는 사람들 있었지. 그렇지만 어머니가 가난하고
이곳으로 재혼해서 와버리니까 삶이 삶이겠어? 그때 생
각하면 지금은 대통령 삶이야, 대통령 삶.

할머니, 본인 소개해 주세요

이녁냥으로
맨들엉 입언

그 시절 옷 얘기부터 해볼까요?

그땐 무신 옷이 잇어시냐? 하하. 옷 얘기 허고 싶어도 곧지도 못하켜. 무신거 이녁냥으로 행 입고, 줏어 입어나난 모르켜게.

그래도 천 같은 건 시장 가서 사오지 않아요?

느 큰고모 난 후제야 천 사서 이녁냥으로 맨들엉 입고, 또 헐른것강 사당도 입곡 했주. 그 전인 천 사러도 아니가곡, 기자 이녁냥으로 무신거 행 봉간사.

봉갔다고요? *할머니께서 '얻었다'는 의미로 말씀하신 '봉갔다'는 말을 손녀는 '주웠다'고 이해함.* 아니, 그래도 벗고 다니진 않았을 거잖아요.

어떵사 살아져신지 모르켜.

길거리에 버려진 천들을 주워 입었다니.

아니, 길거리에 버려진 천들이 아니고. 그땐이 '미녕'^{무명천이}
랜 하는 영영 짜는 거가 잇어낫져. 베짜듯.

미녕?

응응. 그런 거 짜그넹 집이서 목화솜으로
해그넹. 미녕으로 베짜듯 해그넹.

미녕솔
무명(미녕)을 짜려고 베메기할 때
실올에 풀을 먹이는 솔

출처: 고광민, 『제주 도구』
(이하 『제주 도구』)

목화 재배해가지고? 그걸로 직접
만들었어요?

밭 강 재배해그넹 그걸로
해여그넹 옷 행 입어나시녜게.

할머니네 어렸을 때는 직접 솜 재배해서 만들었다구요?

응. 재배해연. 큰딸 시집갈 때 재배한 걸로 맨들언. 그땐 우
리젓가 하지 않으난 '난드르'^{안덕면 대평리} 강 사다네 이불도 행
보내고.

난드르? 그게 어디야?

중문 넘어간디. 중문 넘어강 알르레 느린디.

이녁냥으로 맨들엉 입언

아, 난드르라는 지역에 가서 면을 사왔다구요?

아니, 목화솜을. 목화솜 사와그넹 이불 만들엉 시집 보내시녜게.

할머니 어렸을 때부터 큰고모 시집 보낼 때까지 다 그렇게 만들어서 입었어요? 천으로 옷을 만드는 게 아니라 천을 만드는 일부터 했다구요?

응. 난닝구나 하나 사면이, 게나저나 그것만 입엉 물질허레도 가고.

그럼 맨날맨날 입었구나, 똑같은 거를. 옷 없어서 맨날 똑같은 거 입었던 거?

아이구, 난닝구나 하나 상 입었주. 팬티도 만들엉 입고.

런닝구는 살 수 있었어요?

런닝구는 사. 런닝구는 상 입었던 거 알아지켜.

시장 가서 사서 입었어요? 할머니 어렸을 때도?

막 어렸을 때는 런닝구도 안 입고.

막 어렸을 때는 다 만들어서 입고?

막 어릴 때엔 어멍네가 천으로 만들어주민 입곡. 육은 후제
도, 이디 시집온 후제도 오일장에 강 헐른거나 상 입어져신
가 원, 상 입어난 기억도 엇다.

아이구, 난 만들어서 입었는지 아예 몰랐어요!

아이구. 게나저나 아무리 골아도 니네 우리 체얌에 살아난거
몰른다. 골아도 몰라, 골아도 몰라.

부르는 물레
면화씨를 발라내는 물레
출처: 「제주 도구」

이녁냥으로 맨들엉 입언

그 시절 옷 얘기부터 해볼까요?

그땐 무슨 옷이 있었겠어? 하하. 옷 얘기 하고 싶어도 말하지도 못하겠어. 뭐든 자기 스스로 만들어서 입고, 주워 입었어서 모르겠어.

그래도 천 같은 건 시장 가서 사오지 않아요?

네 큰고모 태어난 후에야 천 사서 스스로 만들어 입고, 그리고 헌 것들 사서 입기도 했지. 그 전에는 천 사러 가지도 않고, 그저 스스로 뭘 해서 얻었는지.

주웠다고요? 할머니께서 '얻었다'는 의미로 말씀하신 '봉갔다'는 말을 손녀는 '주웠다'고 이해함. 아니, 그래도 벗고 다니진 않았을 거잖아요.

어떻게 살아왔는지 모르겠어.

길거리에 버려진 천들을 주워 입었다니.

아니, 길거리에 버려진 천들이 아니고. 그때는 '미녕'무명천이라고 하는 이렇게 이렇게 짜는 것이 있었어. 베짜듯.

미녕?

응응. 그런 거 짜서 집에서 목화솜으로 만들었어. 무명천으로 베짜듯 했었어.

목화 재배해가지고? 그걸로 직접 만들었어요?

밭에 가서 재배해서 그걸로 해서 옷 만들어서 입었어.

할머니네 어렸을 때는 직접 솜 재배해서 만들었다구요?

응. 재배해서. 큰딸 시집갈 때 재배한 걸로 만들었어. 그

때는 우리 것이 많지 않으니까 '난드르'安德면 대평의 가서

사다가 이불도 만들어서 보냈어.

'난드르'? 그게 어디야?

중문보다 더 가면 있는 곳. 중문 넘어가서 아래 쪽으로 내

려가면.

아, 난드르라는 지역에 가서 면을 사왔다구요?

아니, 목화솜을. 목화솜을 사와서 이불 만들어서 시집 보

냈어.

할머니 어렸을 때부터 큰고모 시집 보낼 때까지 다 그렇

게 만들어서 입었어요? 천으로 옷을 만드는 게 아니라 천

을 만드는 일부터 했다구요?

응. 런닝셔츠나 하나 사면, 주구장창 그것만 입고 물질하

러도 가고 그랬어.

이녁냥으로 맨들엉 입언

그럼 매일매일 입었구나, 똑같은 걸. 옷 없어서 맨날 똑같은 거 입었던 거?
아이구, 런닝셔츠나 하나 사서 입었지. 팬티도 만들어서 입었어.

런닝셔츠는 살 수 있었어요?
런닝셔츠는 사. 런닝셔츠는 사 입었던 거 기억난다.

시장 가서 사서 입었어요? 할머니 어렸을 때도?
아주 어렸을 때는 런닝셔츠도 안 입고.

아주 어렸을 때는 다 만들어서 입고?
아주 어릴 때엔 어머니네가 천으로 만들어주면 입었어. 나이든 후에도, 여기로 시집온 후에도 오일장에 가서 헌 것들이나 사서 입을 수 있었나 원, 사 입었던 기억도 없다.

아이구, 난 만들어서 입었는지 아예 몰랐어요!
아이구. 그나저나 아무리 말해도 너희들은 우리 처음에 살았던 거 모른다. 말해도 몰라. 말해도 몰라.

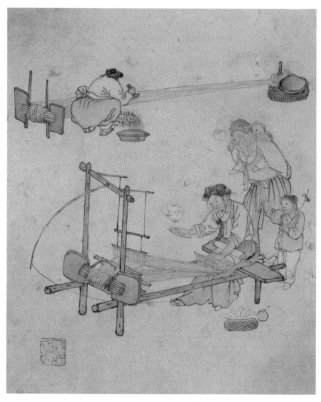

길쌈

출처: 김홍도, 「단원풍속도첩」

감저만 감저만
먹엇주

할머니 30살 땐 뭐했어요?

아이고, 그땐 놈의 밭 빌엉이, 삶이 삶 아니랏져. 그때 101살 난 돌아간 할망시어머니를 '할망'으로 연급함 잇어낫져. 그 시어멍이 아침에 밝아가민 탁 지친디 왕 "혼저 밧디 가라" 허민 밧디 강 저물언 검질매당 오고, 경 안 헌 날은 물질강 저물엉 허당 오곡. 애기들은 물애기난에 오죽 힘들엇어?

남의 밭에 가서 어떤 일 하셨어요? 귤밭이었나?

여름엔 조 심그곡 감저 심그곡. 겨울엔 보리 갈곡 허민 그 검질매러게.

그 같은 밭에서 조도 농사짓고, 고구마도 농사짓고, 보리도 짓고? 검질매는 일 하고 일당 받은 거예요?

이녁껀디 누게가 일당 주느니? 농사 지은 거 두 개면은 주인이랑 ᄒ나썩 갈를거. 눔의 밧 빌엉허민 주인이랑 ᄒ나썩 갈라. 몬딱 농사지은 거 갈를 땐 그디 반 아져가고 이녁이 반 아져오고. 그땐 감저도 눔의 밧디 심그민 구덕으로 몬 날라 그녕 갈랑 저레 하나 놓고 이레 하나 놓고 해그녕 ᄒ나썩 가져오곡.

아~ 할머니가 열심히 농사지은 수확물들을 땅 주인이랑 반씩 나눠 가져야 됐던 거구나. 그렇게라도 해야 먹을 게 있으니까? 가족들 먹여살리려고 농사지은 거구나. 그걸로 돈 벌려고 한 게 아니고.

지금 이 땅이 몬 우영팟이라시녜. 이만헌 땅, 사람 하나 들어가게 파그녕 감저 묻어그녕 이때꼬지까지 먹고 빼때기 만들엉 여름꼬장 그거 삶으멍 애기 멕이고.

겨울에 했던 거를 여름까지? 말려가지고 오래오래 먹는 거구나. 할머니 그 당시에 먹었던 것들이 보리, 조, 감저, 지슬?

지슬도 베랑 엇어낫져.

감저는 있었는데, 지슬은 귀했구나? 조랑 보리는 밥처럼 해먹고?

감저만 감저만 먹엇주

조도 밧이 별로 엇언. 약간씩 밥에 낭 서껑 먹었주. 조도 하영 허지 않아낫져.

그땐 먹을 게 그거밖에 없었구나.
저기 동규 할망도 이제 감저 먹구정 안헌댄. 두릴 때 하도 지겹게 먹어부난. 아이고, 우리도 친정어멍부터 가난해부난 감저만 감저만 먹엇주.

할머니도 그때 감저 맛있진 않았어요?
안 먹으민 배고팡 못 사난 먹엇주게.

물질해서 잡아온 소라나 전복은요?
그건 귀행 못 먹엇주. 바다에서 나온 소라나 전복은 팔아야 되난 베랑 못 먹엇주. 게메이, 어떵사 살아져신디사. 골아도 몰라.

할머니 오늘 '골아도 몰라' 10번 말하는 중!
애기들은 한한허고. 물질허영 이제추룩 돈 나시민 호강시리 살아질거주만은, 이제추룩 돈 나시냐게.

할머니 30살 땐 뭐했어요?

아이고, 그땐 다른 사람의 밭 빌려 살아서, 삶이 삶 아니었어. 그때 101살에 돌아가신 할머니가 있었어. 그 시어머니가 아침에 밝아가면 아주 지친데 와서는 "얼른 밭에 가라" 하면 밭에 가서 해 저문 후까지 김매다가 오고, 그렇게 안 한 날은 물질가서 해 저문 후까지 하다가 왔지. 아기들은 갓난아기였으니까 오죽 힘들었겠어?

남의 밭에 가서 어떤 일 하셨어요? 귤밭이었나?

여름엔 조 심고 고구마 심었어. 겨울엔 보리 갈면 그 김매러 갔어.

그 같은 밭에서 조도 농사짓고, 고구마도 농사짓고, 보리도 짓고? 김매는 일 하고 일당 받은 거예요?

자기 건데 누가 일당 주니? 농사 지은 게 두 개면 주인이랑 하나씩 나누는 거야. 남의 밭 빌려서 하면 밭 주인이랑 하나씩 나눠. 전부 농사지은 거 나눌 땐 거기서 반 가져가고 내가 반 가져와. 그땐 고구마도 남의 밭에 심으면 바구니로 전부 날라다가 나눠서 저쪽에 하나 놓고 이쪽에 하나 놓으면서 하나씩 가져왔어.

아~ 할머니가 열심히 농사지은 수확물들을 땅 주인이랑

감저만 감저만 먹엇주

반씩 나눠 가져야 됐던 거구나. 그렇게라도 해야 먹을 게
있으니까? 가족들 먹여살리려고 농사지은 거구나. 그걸로
돈 벌려고 한 게 아니고.

지금 이 땅이 전부 텃밭이었어. 이만한 땅, 사람 하나 들
어가게 파서 고구마 묻어서 이때까지 먹고 절간고구마
만들어서 여름까지 그거 삶아서 아기 먹였어.

겨울에 했던 거를 여름까지? 말려가지고 오래오래 먹는
거구나. 할머니 그 당시에 먹었던 것들이 보리, 조, 고구
마, 감자?

감자도 별로 없었어.

고구마는 있었는데, 감자는 귀했구나? 조랑 보리는 밥처
럼 해먹고?

조 나는 밭이 별로 없었어. 약간씩 밥에 놔서 섞어서 먹었
어. 조도 많지 않았어.

그땐 먹을 게 그거밖에 없었구나.

저기 동규 할머니도 이제 고구마 먹고 싶지 않다더라. 어
릴 때 하도 지겹게 먹어서. 아이고, 우리도 친정어머니부
터 가난해서 고구마만 고구마만 먹었어.

할머니도 그때 고구마 맛있진 않았어요?

안 먹으면 배고파서 못 사니깐 먹었지.

물질해서 잡아온 소라나 전복은요?

그건 귀해서 못 먹었지. 바다에서 나온 소라나 전복은 팔아야 되니깐 별로 못 먹었지. 그러게, 어떻게 살아졌는지. 말해도 몰라.

할머니 오늘 '말해도 몰라' 10번 말하는 중!

아기들은 많고. 물질해서 지금처럼 돈 벌었으면 호강하며 살 수 있었을 텐데, 지금처럼 돈이 났었겠니.

감저만 감저만 먹엇주

그때는 세면이
어디시니

집 얘기도 해줘요. 그때는 초가집이었잖아요.

응. 그때는 초가집. 지붕 일젠 허민 '새'초가집 지붕을 이는 볏과 식물. 육지에서는 볏짚으로 지붕을 이는데, 제주도는 새(띠)를 이용함 필요햇주. 우린 이디 새영 뭐영 아무것도 엇인 집이연. 놈들은 새왓들 믄딱 하민 이녁 밧디 강 비어당 햇주. 겐디 우리는 이녁 것가 엇이난 고근산 뒤편에 강 하루에 15~20뭇 요만썩 무끈 거, 맨날 강 그거 해당 모다낫당 집 일고.

집 일고?

응. 지붕 이는 거.

아, 그 새 이용해서 지붕 이었다고?

응. 그 새보다 쫄른 거 '각단'이랜 헌다. 그 각단도 놈들 안행 내분 거 비어다그넹, 그걸로 줄 놔그넹 영 돌려그넹 허는 거.

그거 줄 놔그넹 집 일고 해낫져. 이제쯤6월 놓주게. 경하고 8월 나그넹 한 달만 지나가민 낭 지레 저 할락산까지 가서 낭 정와.

나무? 땔감으로 쓰려고? 겨울에 쓸 거를 8월부터 지어서 와요?
응. 더운 거 좀 지나민 그디 낭 지레. 아이고.

지붕 바꾸는 것도 1년에 한 번씩 하는 거예요?
응. 1년에 한 번.

나무 지고 오는 것도 1년에 한 번 하고?
1년에 한 번만 허느냐? 그거는 매일!

새와 집줄   땔감을 지고 오는 모습

출처: 제주문화원, 「기억으로 보는 제주도 생활문화 5」

그때는 세면이 어디시니

8월부터 쭉 계속?

응. 그거 낭 져와사게 제사 때에 떡이라도 맨들고. 그때는 떡도 집이서 이녁냥으로 다 해나시난. ᄀ루 ᄀ는 데도 엇어노난 집잇어 방애로 영영 뽗아그넹 맨들엇주. 중간엔 클방에 강 ᄀ루 골앗주. 클방에서 ᄀ루 골아당 집이서 이녁냥으로 맨들고. 낭 져당 제사 때에 쓰곡, 그런 데 쓰젠 작산 디 할락산 넘엉 져 오젠 허민 하영도 져 와지느냐?

와, 나무 지러 다녀오는 것도 큰 노동이었네요. 또 궁금한 거 있어요. 지금 있는 집 자리에 '안크레'안채, '바크레'바깥채 있었어요?

응. 저 안쪽에 안크레 잇어낫고, 지금 자리에는 쪼끌락헌 초집 잇어낫져.

그때도 안크레, 바크레 두 채 있었구나. 집 안 구조는 어떻게 됐었어요?

'구들'방 똑 2개 이섯져. 가운데 지금 여기추룩 마루 잇고 구들 잇고. 그땐 지금처럼 집 안에 화장실이 잇지 않을 때엿주. 지금 화장실 있는 자리는 그땐 '고팡'곡식창고이연. 경허곡 부엌 있었고. 지금 이 식이영 비슷했져.

아~ 구들이 방이구나. 구들 2개, 고팡 1개, 부엌 1개 있었구나. 옛날에 부엌을 '정지'라고 했다고 하던데?

응. 맞아, 그거. 아뗑 골아도 느넨 모를 거여.

아~ 저도 박물관 같은 데서 봤어요! '돗통시'^{화장실}랑 '우영팟' 텃밭도 보고 왔어요.

응. 이 앞에 우영팟이라나시녜. 이디부터 저디까지 몬 우영팟이라나실 거여.

돼지도 키우고? 키우던 돼지를 시집, 장가 보낼 때 잡아서 삶아먹는 거?

응. 애기들 폴젠 하민 멧 년썩 키워그넹 잡앙 잔치 해나시녜. 지금 옆집 화장실 있는 쪽에는 몰벵이 잇어낫져.

말방아? 말 키웠다구요?

아니. 말 키웠다는 것이 아니고 옛날에 커다란 몰벵이라는 게 이섯져. 큰 돌 놔그넹 그걸로 영영 돌리멍 보리도 골앙 오고. 하간거 몬 그 몰벵이에서 골앙 와시녜.

아~ 예전에 박물관에서 말방아 본 적 있어요. 그건 사람이

그때는 세면이 어디시니

가는 거예요?

소 엇일 땐 다섯 사람이 모영 돌리고, 소 잇일 땐 소 메영 돌
리고.

아, 소가 돌려주고? 할머니네 소 없었죠?

잇일 때도 이섯주. 처음에 소 잇일 땐 소가 허고, 엇일 땐 사
람이 허고.

아~ 근데 소는 돼지에 비해 비싸다고 하던데?

옛날엔 한 집에 소 하나씩 길러나시녜. 어머니네가 쬐끌락헌
소 하나 주난 길러나서. 소에 철구루마 해그넹 밭이 강 곡식
도 실렁 오고 햇져.

집은 누가 지어요? 직접 지어요?

집은 목수 빌어당 짓주. 흙 막 파그넹 목수들이 지섯주. 그때
는 '세면' *Quiz! 할머니가 말씀하시는 '세면'이 무엇일까요?* 이 어디시니!

세면?

응. 그때는 세면이 엇어나서.

세면이 뭐예요?

이제 집 짓젠 하면 레미콘 차에 세면 가득행 올 거 아니?

아, 시멘트!

응. 세멘! 그런 것도 엇아서. 몬 흙으로. 벽 같은 것도 나무 놔그넹 흙으로 밀령, 천장도 몬딱 흙으로.

지금은 법환에도 그런 초가집 다 사라져버렸잖아요.

이젠 그런 집이 엇일 거여. 옛날 초집은 엇나게. 이 집 올 때가 22살이엇져. 그때 나무로 영 세우는 날 왔져. 세멘트랜 헌 건 하나도 빌지 않행 흙으로만 흙으로만 햇. 시간 지나서는 새 몬딱 거둬뒝 '수락'으로 지붕 덮어나시녜.

아! 제주집 지붕이 슬레이트로 바뀌어 갔다고 들었어요. 새마을 운동 때!

응. 그렇게 살다가 느네 큰아방네가 여기에 집 새로 짓엉 살앗주.

집 얘기도 해줘요. 그때는 초가집이었잖아요.

응. 그때는 초가집이었지. 지붕 이려고 하면 '새'^{초가집 지붕을} ^{이는 볏과 식물.} ^{육지에서는 볏짚으로 지붕을 이는데, 제주도는 띠를 이용했다가} 필요했지. 우린 여기에 띠든 뭐든 아무것도 없는 집이었어. 다른 사람들은 띠밭들 모두 자라면 본인 밭에 가서 띠를 베어다가 지붕을 이었지. 하지만 우리는 우리의 것이 없으니까 고근산 뒤편에 가서 하루에 15~20뭇 요만큼씩 묶은 거, 맨날 가서 그거 베어다 모아뒀다가 집 이고.

집 이고?
응. 지붕 이는 거.

아, 그 띠 이용해서 지붕 이었다고?
응. 그리고 그 띠보다 짧은 거 '각단'이라고 한다. 그 각단도 남들이 안 베고 놔둔 거 베어다가, 그걸로 집줄 놓아서 이렇게 이렇게 돌려서 이었어. 그거 줄 놓아서 집 이고 했었어. 이제쯤^{6월} 놓았지. 그리고 8월이 되고 한 달만 지나면 나무 지러 저 한라산까지 가서 나무 져왔어.

나무? 땔감으로 쓰려고? 겨울에 쓸 거를 8월부터 지어서 와요?
응. 더위 좀 지나면 거기에 나무 지러 갔어. 아이고.

지붕 바꾸는 것도 1년에 한 번씩 하는 거예요?

응. 1년에 한 번.

나무 지고 오는 것도 1년에 한 번 하고?

1년에 한 번만 하겠어? 그거는 매일!

8월부터 쭉 계속?

응. 그거 나무 져와야 제사 때에 떡이라도 만들지. 그때는 떡도 집에서 자기 스스로 다 했었으니까. 가루 가는 데도 없어서 집에서 방아로 이렇게 빻아서 만들었지. 시간이 지나서 방앗간에 가서 가루 갈았지. 방앗간에서 가루 갈 아다가 집에서 스스로 만들었어. 나무 져다가 제사 때에 쓰고, 그런 데 쓰려고 높은 데 한라산 넘어서 나무 져오려 고 하면 많이도 져 올 수 있겠니?

와, 나무 지러 다녀오는 것도 큰 노동이었네요. 또 궁금한 거 있어요. 지금 있는 집 자리에 '안크레'^{안채}, '바크레'^{바깥채} 있었어요?

응. 저 안쪽에 안채가 있었고, 지금 자리에는 조그마한 초 가집이 있었어.

그때도 안크레, 바크레 두 채 있었구나. 집 안 구조는 어

정지
제주의 부엌

돗통시
돼지우리이자 화장실의 역할을 했던 장소

출처: 제주문화원, 『기억으로 보는 제주도 생활문화 1』

떻게 됐었어요?

'구들'방이 딱 2개 있었어. 가운데 지금 여기처럼 마루 있고 구들 있고. 그땐 지금처럼 집 안에 화장실이 있지 않을 때였지. 지금 화장실 있는 자리는 그땐 '고팡'곡식창고이었어. 그리고 부엌 있었고. 지금 집 형태랑 비슷했어.

아~ 구들이 방이구나. 구들 2개, 고팡 1개, 부엌 1개 있었구나. 옛날에 부엌을 '정지'라고 했다고 하던데?
응. 맞아, 그거. 아무리 말해도 너희들은 모를 거야.

아~ 저도 박물관 같은 데서 봤어요! '돗통시'돼지실랑 '우영밭'텃밭도 보고 왔어요.
응. 이 앞에 텃밭이 있었어. 여기부터 저기까지 전부 텃밭이었을 거야.

돼지도 키우고? 키우던 돼지를 시집, 장가 보낼 때 잡아
서 삶아먹는 거?
응. 자식들 시집, 장가 보내려고 하면 몇 년씩 키웠다가
잡아서 잔치 했었지. 지금 옆집 화장실 있는 쪽에는 말방
아가 있었어.

말방아? 말 키웠다구요?
아니. 말 키웠다는 것이 아니고 옛날에 커다란 말방아라
는 게 있었어. 큰 돌 놓아서 그걸로 이렇게 이렇게 돌리면
서 보리도 갈아 왔어. 이것저것 모두 그 말방아에서 갈아
왔어.

아~ 예전에 박물관에서 말방아 본 적 있어요. 그건 사람
이 가는 거예요?
소가 없을 땐 다섯 사람이 모여서 돌리고, 소가 있을 때는
소 메어서 돌렸어.

아, 소가 돌려주고? 할머니네 소 없었죠?
있을 때도 있었지. 처음에 소 있을 땐 소가 하고, 없을 땐
사람이 하고.

아~ 근데 소는 돼지에 비해 비싸다고 하던데?

그때는 세면이 어디시니

옛날엔 한 집에 소 하나씩 길렀었어. 어머니네가 조그마한 소 하나 주니까 길렀었어. 소에 철수레 걸어서 밭에 가서 곡식도 실어서 오고 그랬어.

집은 누가 지어요? 직접 지어요?
집은 목수 빌려다가 짓지. 흙 파서 목수들이 지었지. 그때는 '세면'이 어디 있니!

세면?
응. 그때는 세면이 없었어.

세면이 뭐예요?
요즘에 집 지으려고 하면 레미콘 차에 세면 가득 실어서 오지 않니?

아, 시멘트!
응. 시멘트! 그런 것도 없었어. 전부 흙으로. 벽 같은 것도 나무 놓고 흙 발라서 짓고, 천장도 전부 흙으로.

지금은 법환에도 그런 초가집 다 사라져버렸잖아요.
이젠 그런 집이 없을 거야. 옛날 같은 초가집은 없지. 이집에 이사 올 때가 22살이었어. 그때 나무로 집 세우는 날에 왔어. 시멘트라고 한 건 하나도 없이 흙으로만 흙으로만 지었어. 시간이 지나서는 지붕에 띠 전부 걷고 슬레이트로 지붕 덮었어.

아! 제주집 지붕이 슬레이트로 바뀌어 갔다고 들었어요. 새마을 운동 때!
응. 그렇게 살다가 너희 큰아빠네가 여기에 집 새로 지어서 살았지.

지붕 이는 과정
출처: 고광민, 『제주도 도구의 생활사』

그때는 세면이 어디시니

물 강 져당
먹고

할머니 어렸을 때는 물을 지금처럼 사드시지 않았잖아요?
물 게나저나 '막숙'_{법환의 대표 온천수} 물 져다그넹 기냥 먹어시녜게.

막숙까지 다녀오셨다구요?
응. 허벅을 _{길어 나르는 항아리}으로 져다그넹.

아빠 어릴 때는 물 어떻게 먹었어요?
아빠 어릴 때는 이디 수돗물 져당.

우리 때는 물 사서 먹는데. 할머니 얘기 들으면 제주도가 이
렇게 달라졌구나 사람들도 알 수 있겠어요.
우리 처음에는 태풍 불엉 센 날은 막숙물 엇이민 '공물'_{법환의 온천수 중 하나} 물. 공물도 물 안 날 땐 공물 넘어가면 그디 아래
요만헌 물 졸졸 나는 데가 잇져. 그 물 강 져당 먹고. 우리 사

는 건이 골아도 몰라. 우리 살아난 건 골아도 느네 몰른다게.

여름엔 더워서 물 지러 가기 힘들고 겨울엔 추워서 힘들고?
겨울엔 추워도 태풍 안 부난 괜찮주. 이 '뱀주리'법환 바다의 한 지명도
조금조수가 가장 낮을 때일 땐 물 돌주게.

뱀주리는 바닷물 아니에요? 민물도 나와요?
민물 나오는 데가 잇져게, 뱀주리에. 조금일 때엔 물 질어당
먹고. 아닌 때엔 물 짜그넹 먹지 못하여. 비누도 엇엇인디 중
간에사 감자떡 비누가 나와낫져게. 꺼멍한 비누를 감자떡 비
누랜 해낫져. 감자떡 비누가 나오긴 전에는 머리 감을 때도
벌겅한 흙 파그넹 흙으로 머리 감아낫져. 아이고 골아도 몰
라, 너네.

물허벅과 물항
물을 길어 나르고 저장하는 항아리
출처: 『제주 도구』

물 강 져당 먹고

할머니 어렸을 때는 물을 지금처럼 사드시지 않았잖아요?
물 그저 '막숙'법환의 대통 용천수 물 길어다가 그냥 먹었지.

막숙까지 다녀오셨다구요?
응. 허벅물 길어 나르는 항아리으로 길어왔지.

아빠 어릴 때는 물 어떻게 먹었어요?
아빠 어릴 때는 여기 수돗물 길어왔어.

우리 때는 물 사서 먹는데. 할머니 얘기 들으면 제주도가
이렇게 달라졌구나 사람들도 알 수 있겠어요.
우리 예전에 태풍 불어서 센 날은 막숙물 없으면 '공물'법
환의 용천수 중 하나 물. 공물도 물 안 날 땐 공물 넘어가면 그
아래 요만한 물 졸졸 나는 데가 있어. 그 용천수에 가서
저다가 먹었어. 우리 살았던 건 말해도 몰라. 우리 살았던
것은 말해도 너희들은 모른다.

여름엔 더워서 물 지러 가기 힘들고 겨울엔 추워서 힘
들고?
겨울엔 추워도 태풍이 안 부니까 괜찮지. 이 '뱀주리'법환
바다의 한 지명도 조금조수가 가장 낮은 때일 땐 물 달지.

뱀주리는 바닷물 아니에요? 민물도 나와요?

민물이 나오는 데가 있어, 뱀주리에. 조금일 때엔 물 길어다가 먹고. 아닌 때엔 물이 짜서 먹지 못해. 비누도 없었는데 나중에 감자떡 비누가 나왔어. 까만 비누를 감자떡 비누라고 했었어. 감자떡 비누가 나오긴 전에는 머리 감을 때도 붉은 흙을 파서 흙으로 머리 감았어. 아이고 말해도 몰라, 너희들은.

물 강 쳐당 먹고

해녀질 헐 줄 모르민
시집도 못 갓주

법환 여자들은 거의 다 해녀였어요?

그땐 해녀질 헐 줄 모르민 시집도 못 간댄 해낫져.

아, 완전 무시당했구나. 그럼 여자들은 거의 해녀하고, 남자들은 어부하고?

어부 허젠 허믄 배가 잇어사주게.

배 있으려면 돈도 있어야 하고? 어, 근데 할아버지도 어부셨잖아.

하르방도 중간에사 햇져.

그럼 해녀, 어부 말고 무슨 일들 하셨어요?

해녀, 어업 안 허면 할 거가 엇엇주게.

농사도 안 짓고, 그때는?

농사도 지으멍 해사주. 눕의 밭 검질매러강 일당 받고. 물질
은 매날 허는 건 아니난. 아이고, 그 시절엔 사람 죽으민 산
담 허는 디들 몬 돌도 지레 가고. 돈 받으러.

하나의 일만 한 게 아니라 해녀 일 하면서
이 일 저 일 같이 했구나. 몸으로 노동하면서.
응. 여디 강 했당 저디 강 했당, 눕의
검질매러 갔당. 아침 5시 전에 나갓주게.

골갱이
김을 매거나 해산물을 캘 때
쓰는 도구
출처: 「제주 도구」

지금 있는 직업이 그때도
있었지 않았나?
선생님 같은 직업.
학교 갈 저를이 잇어시냐들. 학교들 보내주고 해시냐?

남자들은 갔던 거 아니에요?
느네 아방대들 나사야 갔주. 그때는 노는 아이들이 하낫져.

법환 여자들은 거의 다 해녀였어요?
그땐 해녀질 할 줄 모르면 시집도 못 간다고 했었어.

아, 완전 무시당했구나. 그럼 여자들은 거의 해녀하고, 남자들은 어부하고?
어부 하려고 하면 배가 있어야지.

배 있으려면 돈도 있어야 하고? 어, 근데 할아버지도 어부셨잖아.
네 할아버지도 나중에야 했어.

그럼 해녀, 어부 말고 무슨 일들 하셨어요?
해녀, 어업 안 하면 할 게 없었지.

농사도 안 짓고, 그때는?
농사도 지으면서 해야지. 남의 밭에 김매러 가서 일당 받았어. 물질은 매일 하는 게 아니니까. 아이고, 그 시절엔 사람 죽으면 산담 하는 데 전부 돌 나르러 갔어. 돈벌려고.

하나의 일만 한 게 아니라 해녀 일 하면서 이 일 저 일 같이 했구나. 몸으로 노동하면서.

응. 여기 가서 일했다가 저기 가서 일했다가, 남의 밭에 김매러 갔다가 그랬지. 아침 5시 되기 전에 나갔지.

지금 있는 직업이 그때도 있었지 않았나? 선생님 같은 직업. 학교 갈 겨를이 있었겠니. 학교에 보내줬겠어?

남자들은 갔던 거 아니에요?
너희 아빠 세대 되어서야 갔지. 그때는 노는 아이들이 많았어.

검질매기
제주도 사람들은 밭매는 일을 '검질맨다'고 하였다.
출처: 『제주 도구』

해녀질 헐 줄 모르민 시집도 못 갓주

돈 나올 것가
엇엇주게

느네 아방네 두릴 땐이 양말도 없곡. 아래 옷도 아침에 ᄒ나
입져그넹, 오줌 촬촬 싸불민 이거 확하게 벗어뒁 그냥 돌아
다년. 느네 샛아방 경해낫져. 갈아입을 게 엇어부난. 양말도
엇이난 헌 거 봉간 맨들엉 신져낫져. 이젠 썩는 것가 양말인
디. 어떵사 살아신지 모르켜. 그 애들 ᄋ섯 개를 어떵사 키워
신지 몰라. 그땐 어린이집이 잇어시냐, 유치원이 잇어시냐.
게나저나 육아그네 ᄋ덥 살 나면 학교나 가고. 느 큰아방 학
교 갈 때는 입학하러 갈 때에 학교에서 300원 가져오랜 해라.

그때 300원이면 지금은 얼마지? 할머니는 일할 때 얼마 벌
었어요?

일하러 가면 300원 줘신가? 입학하러 올 때 300원 가져오
랜 해신디 300원도 엇언. 눔들신디 300원 꿰돌랜 허난 "아
이고, 그추룩 물질허멍 돈 300원 엇이냐?" 하멍 안 꿰주곡,

또 요디 사람도 엇댄 허멍 안 꿔주곡. 이제 생각해보난 청신이 할망, 그 어른이 꿔준 거 닮아.

그분 잘도 고맙다예.
경행 입학해진 거 닮다.

근데 물질 갔다오면 300원 벌어진다면서요.
300원자락 벌어져시냐? 그땐 300원도 못 벌주게.

일 열심히 해도 버는 돈보다 내야 될 돈이 더 많았구나.
그땐 이제추룩 돈이 나시냐. 약간만 돈 줬주.

지금은 거의 다 돈 주고 물건 사는디 그때는 물건 살 일이 별로 없었겠어요.
물건 사젠허믄 돈이 잇어사 사주.

그래도 해녀하면 돈 많이 번다고 들었었는데?
해녀나 허민 돈 나왓주, 돈 나올 것가 엇엇주게. 게난 해녀행 이만이라도 성공햇주. 그땐 아무것도 엇언 이디 땅만 잇어낫주. 경헌디 왕 밧도 사고, 하르방 일본 강 벌엉 돈 보내

돈 나올 것가 엇엇주게

곡, 그 돈을 물질허멍 안 쓰난 저 논도 사고 밧도 사고 햇주.
물질 안행 돈 벌지 못해시민 그추룩 못산다게.

할머니 잘 살아신게. 성공했어, 성공핸!
응. 성공햇주게. 이추룩이면 제법 잘사는 거 아니냐.

너희 아빠네 어릴 때에는 양말도 없었어. 하의도 아침에 입힌 거 하나밖에 없어서, 오줌 줄줄 싸버리면 확 벗어두고 그냥 돌아다녔어. 네 둘째아빠가 그랬었어. 갈아입을 게 없었으니까. 양말도 없어서 헌 거 주워서 만들어서 신겼었어. 이젠 남아도는 것이 양말인데. 어떻게 살았는지 모르겠어. 그 아이들 여섯 명을 어떻게 키웠는지 몰라. 그땐 어린이집이 있었니, 유치원이 있었니. 그러나저러나 자라서 8살 되면 학교나 가고. 네 큰아버지 학교 갈 때는 입학하러 갈 때에 학교에서 300원 가져오라고 하더라.

그때 300원이면 지금은 얼마지? 할머니는 일할 때 얼마 벌었어요?
일하러 가면 300원은 줬나? 입학하러 올 때 300원 가져오라고 했는데 300원도 없었어. 다른 사람들한테 300원 꿔달라고 하니까 "아이고, 그렇게 물질하면서 돈 300원이 없냐?" 하면서 안 꿔주고, 그리고 여기 살던 사람도 없다고 하면서 안 꿔줬어. 이제 생각해보니깐 청신이 할망, 그 어른이 꿔준 것 같아.

그분이 정말 고맙네요.
그렇게 해서 입학할 수 있었던 것 같아.

돈 나올 것가 엇엇주게

근데 물질 갔다오면 300원 벌어진다면서요.

300원이나 벌어졌겠어? 그땐 300원도 못 벌지.

일 열심히 해도 버는 돈보다 내야 될 돈이 더 많았구나.

그땐 지금처럼 돈이 나왔겠니. 조금만 돈 줬지.

지금은 거의 다 돈 주고 물건 사는데 그때는 물건 살 일이
별로 없었겠어요.

물건 사려고 하면 돈이 있어야 사지.

그래도 해녀하면 돈 많이 번다고 들었었는데?

해녀나 하면 돈이 나왔지, 돈 나올 데가 없었지. 그러니
해녀일 해서 이만큼이라도 성공할 수 있었지. 그땐 아무
것도 없이 여기에 땅만 갖고 있었어. 그랬는데 와서 밭도
사고, 할아버지가 일본에 가서 돈 벌어서 보내고, 그 돈을
물질하면서 안 쓰니깐 저 논도 사고 밭도 사고 했지. 물질
안 해서 돈 벌지 못했으면 그렇게 못 살았을 거야.

할머니 잘 사셨어. 성공했어, 성공했네!

응. 성공했지. 이 정도면 제법 잘사는 거 아니냐.

도새기 잡는 날,
가문잔치

그때는 결혼을 '가문잔치'라고 했다고 하던데?

응. 잔치 3일 해시녜. 도새기 잡는 날 하루, 가문잔칫날 하루, 시집 가고 허는 날 하루, 영 3일 해시녜.

도새기 잡는 날은 사람들 와서 밥 맛있게 먹고?

응. 도새기 잡는 날부터 3일은 막 와당와당 해낫져.

가문잔칫날은 어떻게 했어요?

가문잔칫날은 궨당들만 왕 먹을 거로 해신디 놈들도 왕 먹고, 제라허게 잔칫날은 모다들엉 먹고.

아~ 궨당 아니어도 법환 사람들 막 오는구나. 그땐 먹을 게 별로 없었을 거니까 신나서 모였겠구나.

그땐이 물김치 하고 배추김치 하고 밥 하고 국 하고. 궤기 한 반 영영 썰어놓고.

아~ 돔베고기!
반 하나에 궤기 석 점, 넉 점 놔그넹 한 사람 주고. 여섯 오누
이를 다 경허멍 풀앗져.

뭘 팔아?
느네 아빠 형제간들. 경허멍 시집 장가 보내서. 눔들은 집이
서 한 번 안 헌 사람도 잇일거여만은 난 여섯 번을 몬딱 집이
서 보내서.

아? 아빠도 집에서 결혼식 했어요? 큰고모, 큰아빠, 샛아빠,
작은고모, 아빠, 작은아빠 다 옛날 가문잔치 하듯이 집에서?
응. 집이서 햇져. 몬딱!

오~ 이제야 알았네. 그래도 우리 엄마, 아빠 때는 가마 타지
는 않았을 거고.
응. 차 타고.

재밌다!

그때는 결혼을 '가문잔치'라고 했다고 하던데?

응. 잔치 3일 했었지. 돼지 잡는 날 하루, 가문잔칫날 하루, 시집 가는 날 하루, 이렇게 3일 했었어.

돼지 잡는 날은 사람들 와서 밥 맛있게 먹고?

응. 돼지 잡는 날부터 3일은 아주 정신이 없었어.

가문잔칫날은 어떻게 했어요?

가문잔칫날은 친척들만 와서 먹기로 했었는데 다른 사람들도 와서 먹고, 본격적인 잔칫날에는 다 모여서 먹었어.

아~ 친척이 아니어도 법환동 사람들이 많이 오는구나. 그땐 먹을 게 별로 없었을 거니까 신나서 모였겠구나.

그때는 물김치 하고 배추김치 하고 밥 하고 국 하고. 고기한 반 이렇게 썰어놓고.

아~ 돔베고기!

반기 하나에 고기 석 점, 넉 점 놓아서 한 사람 주고. 여섯 오누이를 다 그렇게 해서 팔았어. *제주에서는 자식 시집 장가 보내는 것을 '팔았다'고 표현함*

뭘 팔아?

너희 아빠 형제들을. 그렇게 시집 장가 보냈어. 남들은 집
에서 한 번 안 한 사람도 있을 테지만 난 여섯 번을 전부
집에서 보냈어.

아? 아빠도 집에서 결혼식 했어요? 큰고모, 큰아빠, 둘째
아빠, 작은고모, 아빠, 작은아빠 다 옛날에 가문잔치 하듯
이 집에서?
응. 집에서 했어. 전부!

오~ 이제야 알았네. 그래도 우리 엄마, 아빠 때는 가마 타
지는 않았을 거고.
응. 차 타고.

재밌다!

도새기 잡는 날
돼지 삶고 음식을 준비하는 모습
출처: 제주문화원,「기억으로 보는 제주도 생활문화 5」

가마가 좋은
거주게

지금은 차도 있고, 비행기도 있어서 육지 가기 쉬운데 할머니 때는 어땠어요?
거의 법환에서만 살앗져. 차도 없었고, 오토바이도 베랑 없엇져.

아빠 낳은 다음에도?
응! 걸엉만 다니멍 살앗주. 느네밧 신 데^{가정 부근}, 거기까지도 걸엉 가고 걸엉 오고 햇져.

그럼 그때는 지금처럼 신혼여행 가고 그런 거 없었어요?
엇다! 신혼여행이 무슨 거니게? 해녀 할망들이영 일본 여행 간 게 처음으로 비행기 타 본 거. 옛날에 난 경해도 가마 타고 시집 갓져. 다른 사람은 트럭 탕 갓댄 해라.

어느 게 좋은 거예요?

가마가 좋은 거주게.

오~ 공주님 된 느낌 되는 거구나.

응. 말 두 개가 끌언. 한 개는 앞에 매우고, 한 개는 뒤에 매우고.

우와~ 말이 끌언?

경해난 멀지 않은 데라도 가마 탕 시집 가나신디, 눔들은 강
정서 이디 법환 올 때도 트럭 탕 와낫댄 해라.

할머니네 집에서 할아버지 집까지 가마 타고 가는 거예요?
초대받는 느낌으로?

응.

한복 입고? 연지곤지 하고?

응. 경핸 가신디, 눔들은 트럭 탕 오고랜.

가마 타고 시집 가신 게 많이 뿌듯하셨구나. 남들은 가마 못
타고 트럭 탔는데.

지금은 차도 있고, 비행기도 있어서 육지 가기 쉬운데 할머니 때는 어땠어요?
거의 법환에서만 살았지. 차도 없었고, 오토바이도 거의 없었어.

아빠 낳은 다음에도?
응! 걸어 다니기만 하면서 살았지. 너희 밭 있는 데강정 부근, 거기까지도 걸어가고 걸어오고 했어.

그럼 그때는 지금처럼 신혼여행 가고 그런 거 없었어요?
없다! 신혼여행이 뭐니? 해녀 할머니들이랑 일본 여행 간 게 처음으로 비행기 타 본 거야. 옛날에 난 그래도 가마 타고 시집 갔어. 다른 사람은 트럭 타고 갔다고 하더라.

어느 게 좋은 거예요?
가마가 좋은 거지.

오~ 공주님 된 느낌 되는 거구나.
응. 말 두 개가 끌었어. 한 개는 앞에 매고, 한 개는 뒤에 매고.

우와~ 말이 끌었어?

그렇게 해서 멀지 않은 데라도 가마 타서 시집 갔었는데, 다른 사람들은 강정에서 여기 법환까지 올 때도 트럭 타고 왔었다고 하더라.

할머니네 집에서 할아버지 집까지 가마 타고 가는 거예요? 초대받는 느낌으로?
응.

한복 입고? 연지곤지 하고?
응. 그렇게 해서 갔는데, 다른 사람들은 트럭 타서 왔다고 하더라.

가마 타고 시집 가신 게 많이 뿌듯하셨구나. 남들은 가마 못 타고 트럭 탔는데.

가마가 좋은 거주게

연애허는 사람덜
베랑 엇언

할머니. 근데 우리 때는 좋아하면 사귀고, 남자친구랑도 헤어졌당 말았당 하잖아요. 할머니는 할아버지 만나기 전에 좋아하는 사람이나 남자친구 없었어요?

(단호한 손사래) 엇어낫져. 난 아무도 엇어낫져. 남자친구랜 하는 거는이, 난 그런 거 허기 실펑 안 해낫져. 부모들이 가라 허면 가고, 오라 허면 오고 해낫주, 남자친구 이 사람 저 사람 해보질 않앗져.

좋아하는 사람이 생겼을 수도 있잖아요.

아니. 난 원 엇언. 육지 간 때도 다른 여자들은 막 남자 사귀젠 해도 난 사람 막 하영 사는 데 강 살아불고, 남자들이영 말 곧기 실펑 안 해봣져.

그 시절에도 남자친구 있는 사람들이 있긴 했죠?

다른 사람들은 이섯주.

그렇게 연애하다가 결혼하는 사람들도 있고?

경허는 사람이 드물엇져. 부모들이 중매 오민 가라 가라 허민들 갓주. 그 시절에는 연애하는 사람들이 베랑 엇엇져.

연애허는 사람덜 베랑 엇언

할머니, 근데 우리 때는 좋아하면 사귀고, 남자친구랑도 헤어졌다가 말았다가 하잖아요. 할머니는 할아버지 만나기 전에 좋아하는 사람이나 남자친구 없었어요?

(단호한 손사래) 없었어. 난 아무도 없었지. 남자친구라고 하는 건, 난 그런 거 하기 귀찮아서 안 했어. 부모들이 가라 하면 가고, 오라 하면 오고 그랬지, 남자친구 이 사람 저 사람 만나보질 않았어.

좋아하는 사람이 생겼을 수도 있잖아요.

아니. 난 전혀 없었어. 육지 갔을 때도 다른 여자들은 남자 사귀려고 했어도 난 사람 많이 사는 데 가서 살아버리고, 남자들이랑 말하기 싫어서 안 만났어.

그 시절에도 남자친구 있는 사람들이 있긴 했죠?

다른 사람들은 있었지.

그렇게 연애하다가 결혼하는 사람들도 있고?

그렇게 하는 사람이 드물었어. 부모들이 중매 오면 가라 가라 하면 갔지. 그 시절에는 연애하는 사람들이 거의 없었어.

나냥으로
애기 받안

할머니 때는 애기 낳을 때 다 집에서 한 거잖아요? 지금은
병원 가면 의사가 다 알아서 해주는데.

애기 가져도 병원에 혼번 안 가고. 나도 병원에 혼번 안 가고.

어떻게 가능한 거? 누가 애기 받아주고?

느 죽은고모는 애기 받아줄 사람도 엇이난 나냥으로 받아그
넹, 애기드레 냉수 ᄒ쏠 멕이곡. 냉수 멕여사 입 안이 깨끗헌
댄 해연. 경핸 나냥으로 핸.

근데 그게 혼자 할 수 있는 일이에요? 애기 나오면 누가 안
아줘?

바닥에 털어지민 그냥 내뒹주게. 애기 나오젠 허민 막 아픈
다게. 막 아프민 바닥에 뭐 깔아그넹.

담요 같은 거?

옛날에는 담요도 엇주. 경해도 애기 나젠 허민 그런 거 준비
허주게. '뚜데기'누비어 만든 자그만 이불랜 한 거 잇어낫져. 애기 낳
젠 허민 뚜데기 꿀아그넹 거기에 애기 털어져낫 져.

작은고모 낳은 날 얘기해줘요.

지금은 신시가지 있는 데주게. 그디 밧 조끌락한 거 잇어낫
져. 족은고모 낳은 날엔 하르방이 그디 밧 갈러 갓주. 아측이
부터 배 막 아파부난 점심 아져가지 못햄직허난 하르방신디
"점심 못 아져가난 재기 와붑서." 말햇주. 겐디 혼 10시 되어
가도 애기 안 나오난 인칙거니 아져다놔노젠 아파도 걸언간
에, 하르방고라 "쇠 클르지 맙서. 재기 밥 먹어나민 나 혼저
내려가크메 쇠 클르지 말앙 밥 먹읍서." 햇주.

소 풀지 말라고?

응. 하르방 점심 먹젠 허민 소 클러준다게.

아~ 할머니 빨리 돌아갈 거니깐 소 풀어주지 말고 빨리 점심
드시라고 했구나.

응응. 하르방 막 먹엉 오난 난 집에 돌아왓주. 걸엉 왐신디

저 올렛길에서 영 도난 또 막 아판. 집에 완 보난 이디 '오래 산 할망'_{시어머니}은 느 샛아방 데령 놀래가불고 집에 아무도 엇언. 아무도 엇이난 나 혼자 방이 간 요만이 헌 뚜데기 끌안 애기 낳안. 애기 물 혼직 멕이고. 느네 족은고모 위로 애기 멧 개 낳았어도 한번도 베또롱줄 안 끼차봣주게, 할망들이 끼차주난. 할망들이 헐 때는 한 뼘만큼 끼차그넹 실로 딱 쫄라매는디, 난 딱 쫄라불민 애기 아프카부댄 이만하게시리 30㎝ 넘게 끼차그넹 헐락하게 쫄라멘 놔부럿주. 할망이 완에 그거 보고 "아이고, 이거 이추룩 쫄라맺구나." 허멍 요만이하게 한 뼘만큼 두 번 끼차그넹 딱 쫄라맨 또 끼차낫져.

아, 할머니 겁먹어서 너무 길게 자르니까 시어머니가 딱 알맞게 다시 잘라주셨구나.

오게. 그분은 똘도 여섯 개 나고 아들도 ᄒᆞ나 낳아나고 애들 하영 낳아나부난 잘 알주. 우리 애기들도 날 때 그 할망이 몬 해줫주게.

작은고모 빼고는 다 시어머니가 받아주셨어요?

응. 우리 어머니허고 두 분이. 느 고모만 혼자. 낮에 낳아부난 할망도 놀래가불고, 우리 어머니도 일 가불고허난. 이 집에 애기 우는 소리 나난 동네 사람들이 할망 찾아그넹 "애기 난 거 닮수다. 애기 우는 소리 남수다." 허멍 이 집드레 보내고랜. 경핸 낳아도 혼번 병원에 가지를 않안. 수뭇 *말이 얼른 생각 나지 않을 때 하는 말* 애기 여섯 개 낳아도 애기도 병원에 안 가고, 나도 안 가고. 이제까지 병원에 가본 적이 엇어.

그때 사람들은 병원에 안 가고 집에서 애기 낳은 거죠?
응. 병원에 안 강 낳안. 막 고통 받는 사람은 애기 낳당 죽기도 해서.

애기 낳는 일이 어렵지 않아요? 애기 낳고, 물 멕이고, 탯줄 자르고, 그게 끝?
응.

아, 엄청 힘든 일이라고 생각했는데 집에서 다 했다니 신기해요.

나냥으로 애기 받안

할머니 때는 아기 낳을 때 다 집에서 한 거잖아요? 지금
은 병원 가면 의사가 다 알아서 해주는데.
아기 가져도 병원에 한번을 안 갔어. 나도 병원에 한번도
안 갔어.

어떻게 가능한 거? 누가 아기 받아주고?
네 작은고모는 아기 받아줄 사람도 없어서 나 혼자 받아
서, 아기한테 냉수 조금 먹였어. 냉수 먹여야 입 안이 깨
끗해진다고 했어. 그렇게 내 스스로 했어.

근데 그게 혼자 할 수 있는 일이에요? 아기 나오면 누가
안아줘?
바닥에 떨어지면 그냥 내버려뒀지. 아기 나오려고 하면
아주 아팠어. 많이 아파오면 바닥에 뭘 깔았어.

담요 같은 거?
옛날에는 담요도 없지. 그래도 아기 낳으려고 하면 그런
거 준비했지. '뚜데기'누비어 만든 자그만 이불라고 한 게 있었
어. 아기 낳으려고 하면 뚜데기 깔아서 거기에 아기 낳았
었어.

작은고모 낳은 날 얘기해줘요.

지금은 신시가지 있는 데였지. 거기에 조그마한 밭이 있었어. 작은고모 낳은 날엔 할아버지가 거기에 밭 갈러 갔지. 아침부터 배가 많이 아파서 점심 가져가지 못할 것 같아서 할아버지한테 "점심 못 가져가니까 빨리 오세요." 말했지. 그런데 한 10시쯤 되어가도 아기가 안 나오니까 얼른 가져다놓으려고 아파도 걸어가서, 할아버지한테 "소 풀어주지 마세요. 빨리 밥 먹고 나면 난 얼른 내려갈 테니까 소 풀어주지 말고 밥 드세요." 말했지.

소 풀지 말라고?
응. 할아버지 점심 먹으려고 하면 소 풀어줬었어.

아~ 할머니 빨리 돌아갈 거니깐 소 풀어주지 말고 빨리 점심 드시라고 했구나.
응응. 할아버지가 얼른 먹고 오니까 난 집으로 돌아왔어. 걸어 오는데 저 올렛길에서 이렇게 도니까 다시 아파왔어. 집에 와서 보니까 여기 '오래 산 할머니'시어머니는 너희 둘째아빠 데리고 놀러가버려서 집에 아무도 없는 거야. 아무도 없어서 나 혼자 방에 가서 요만한 뚜데기 깔아서 아기 낳았어. 아기 물 한 입 먹이고. 너희 작은고모 위로 아기 몇 명 낳았어도 한번도 탯줄 안 잘라봤었어, 할머니들이 잘라줬으니까. 할머니들이 할 때는 한 뼘만큼 잘라서 실로 딱 묶는데, 난 너무 가깝게 묶어버리면 아기가 아플까 봐 이만큼30㎝ 넘게 길게 잘라서 헐겁게 묶어 놓았지. 할머니가 돌아와서 그거 보고 "아이고, 이걸 이렇게 묶었구나." 하면서 요만큼한 뼘만큼 두 번 잘라서 딱 묶은 다음 또 잘랐어.

아, 할머니 겁먹어서 너무 길게 자르니까 시어머니가 딱 알맞게 다시 잘라주셨구나.
그치. 그분은 딸도 여섯 명이나 낳고 아들도 하나 낳고 애들 많이 낳았으니까 잘 알지. 우리 아기들도 날 때 그 할머니가 다 해줬어.

작은고모 빼고는 다 시어머니가 받아주셨어요?
응. 우리 어머니하고 두 분이. 네 고모만 혼자. 낮에 낳아서 할머니도 놀러가버리고, 우리 어머니도 일 가버려서. 이 집에 아기 우는 소리 나니까 동네 사람들이 할머니 찾아서 "아기 낳은 것 같아요. 아기 우는 소리 들려요." 하면서 이 집으로 보냈다고 하더라. 그렇게 해서 낳아도 한번도 병원에 가지를 않았어. 사뭇말이 얼른 생각나지 않을 때 하는 말 아기 여섯 명 낳아도 아기도 병원에 안 가고, 나도 안 가고. 이제까지 병원에 가본 적이 없어.

그때 사람들은 병원에 안 가고 집에서 아기 낳은 거죠?

응. 병원에 가지 않고 낳았어. 아주 고통받는 사람은 아기 낳다가 죽기도 했어.

아기 낳는 일이 어렵지 않아요? 아기 낳고, 물 먹이고, 탯줄 자르고, 그게 끝?

응.

아, 엄청 힘든 일이라고 생각했는데 집에서 다 했다니 신기해요.

나냥으로 애기 받안

몸조리도
안해그넹

지금 사람들은 애기 낳은 다음에도 몸조리하고 그러잖아요.
할머니도 애기 낳고 몸조리하셨어요?
아이고, 늄들은 몸조리 막 햇져만은 난 아무것도 없곡허난에
몸조리도 안 해그넹 기냥 일햇져.

바로 일했다고요?
바로 일해지느냐? 흔 열흘 놀당게.

맛있는 것도 먹지도 않고?
(호통) 맛있는 건 어디시민 먹어?

힝….
(미소) 그때 무신 먹을 것가 잇어시니? 돈도 없고 먹을 것도
없곡.

아빠 태어났을 때는 어땠어요? 제사 때 태어났다면서요.

느네 아빠는 제삿날에 태어나난 그날은 '식계테물'제사를 치르고 남은 음식도 먹어지고.

하하. 오히려 먹을 게 있어서 좋았구나. 그때는 시어머니가 애기 받아주셨어요?

오게. 시어멍이 받앗주게. 기자 막 아판해가난 이 집에 왓주. 알드레 털어지민 할망들이 알앙 목욕시켜 주고. 낳으민 바로 목욕시킨다.

애기 낳을 때까지 계속 기다리는 거구나.

오게. 아파도이 병원에 안 가고이 오래 지들려사. 오늘 아프기 시작하민 내일 될 때꾸지라도 지드려사. 이제사 아프면 병원에 가불민 되는 것을.

지금 사람들은 아기 낳은 다음에도 몸조리하고 그러잖아
요. 할머니도 아기 낳고 몸조리하셨어요?
아이고, 다른 사람들은 몸조리했지만 난 아무것도 없으니
까 몸조리도 안 하고 그냥 일했어.

바로 일했다고요?
바로 일할 수 있겠어? 한 열흘 놀다가.

맛있는 것도 먹지도 않고?
(호통) 맛있는 건 어디 있어서 먹어?

힝….
(미소) 그때 무슨 먹을 것이 있었겠니? 돈도 없고 먹을
것도 없었지.

아빠 태어났을 때는 어땠어요? 제사 때 태어났다면서요.
너희 아빠는 제삿날에 태어나서 그날은 '식게테물'제사를 치
르고 남은 음식도 먹을 수 있었어.

하하. 오히려 먹을 게 있어서 좋았구나. 그때는 시어머니
가 아기 받아주셨어요?
어, 그래. 시어머니가 받았지. 그저 아파하니까 이 집으로

왔어. 아래로 떨어지면 할머니들이 알아서 목욕시켜 주고. 낳으면 바로 목욕시킨다.

아기 낳을 때까지 계속 기다리는 거구나.
그치. 아파도 병원에 안 가고 오래 기다려야 해. 오늘 아프기 시작하면 다음 날 될 때까지라도 기다려야 해. 지금이야 아프면 병원에 가버리면 되는 것을.

4·3 때도 니넨
모른다게

4·3 때도 아이고, 니넨 모르다게. 저 우이 강 성담 이만이 높게 지언. 난 키 크난에 큰 돌도 지고 해나난 그때 디스크 걸리고, 허리 *꺼끄고* 대수술 해낫져.

그땐 할머니 더 어렸을 때 아닌가? 1947년 때면 열몇 살 때일 텐데, 그 나이에 돌 날랐어요? 성 쌓을라고? 그건 누가 시킨 거예요?
어멍네가 당신네들은 일하러 밧디 가불고 어멍 대신 날 출력 보내시녜게.

그건 경찰들이 시킨 거?
니넨 몰라도 성 다 쌓아낫져. 하늘만이 높게시리 성담 쌓안. 그루후젠 또 15살 나난 지키래 가랜 허난 성담 우이 강 앞아 그넹 폭도 오는 거 지키랜 봐낫져.

학생들도 지킨 거?

20살 넘엉 시집 가불민 지키래 안 가고, 처녀 땐 가곡 햇주.

이게 오랫동안 지속됐구나? 성담 쌓는 일도 하고, 지키는 일도 몇 년 동안 하고.

흔 4년은 경해져실거라. 6·25 사변은 진작 끝나불고, 4·3 사건 그것이 오죽 오래 가시냐.

7년 7개월!

응. 경 오래 갓져게. 지키는 날은 거기 가고, 안 가는 날은 집에 잇당 폭도 왐댄 허민 이불 하나씩 아져당 아래 바당에 곱으래 가고.

폭도가 법환에도 왔대요?

저 웃동네에 폭도 왕 다 불 질러부런.

경찰들이 아니고, 폭도들이 완?

오게. 폭도들이. 산에 살던 폭도들이. 우린 폭도, 폭도 말만 들었지, 폭도가 무신건지 몰라낫져, 그땐.

뭔지 모르지만 무서운 존재였구나.

응. 그것들이 먹을 거 가지러 와그넹 몬 불 붙여뒁 가는 것들게. 그때 폭도 왐젠 허민 몬 곱으래 가부럿주, 살아져시냐.

저는 법환에 4·3 피해 거의 없었다고 들었었어요.

피해 베랑 엇엇인디 저 웃동네들은 집 하영 타실 거라.

서호 마을만 해도 피해 컸다고 하던데.

찔렁 죽여불고 총으로 팡팡 맞칭 죽여불고 헌디, 법환은 그런 건 엇언. 그런 건 없고, 폭도들이 불 붙여부난 한 20가구 타신가? 하효나 강정이들이나는 나오라 해그넹 열 맞칭 서그네 팡팡 쏘아배도 이딘 그런 건 엇언.

폭도, 폭도 해도 다른 지역보단 피해가 심하진 않았고. 그래도 어린 나이에 성 쌓고 지키느라 고생은 다 했네요.

4·3 때도 아이고, 너흰 모른다. 저 위에 가서 성담 이만큼 높게 지었어. 난 키가 커서 큰 돌도 지고 옮겼어서 그때 디스크 걸렸어, 허리 꺾어지고 대수술 했었어.

그땐 할머니 더 어렸을 때 아닌가? 1947년 때면 열몇 살때일 텐데, 그 나이에 돌 날랐어요? 성 쌓을라고? 그건 누가 시킨 거예요?
어머니네가 당신네들은 일하러 밭에 가버리고 어머니 대신 날 출력 보냈어.

그건 경찰들이 시킨 거?
너흰 몰라도 다들 성 쌓았었어. 하늘만큼 높게 성담 쌓았어. 시간이 지나서 또 15살이 되니 성담 지키러 가라고 하니까 성담 위에 가서 앉아서 폭도 오는지 보면서 지켰었어.

학생들도 지킨 거?
20살 넘어서 시집 가면 지키러 안 갔고, 처녀 땐 갔었지.

이게 오랫동안 지속됐구나? 성담 쌓는 일도 하고, 지키는 일도 몇 년 동안 하고.
한 4년은 그렇게 했었을 거야. 6·25 사변은 진작 끝났는

4·3 때도 니넨 모른다게

데, 4·3 사건은 오죽 오래갔지 않니.

7년 7개월!

응. 그렇게 오래갔어. 지키는 날은 거기 가고, 안 가는 날은 집에 있다가 폭도 온다고 하면 이불 하나씩 가져다가 아래 바다 쪽에 숨으러 갔어.

폭도가 법환에도 왔대요?

저 윗동네에 폭도 와서 다 불 질러버렸대.

경찰들이 아니고, 폭도들이 왔어?

응. 폭도들이. 산에 살던 폭도들이. 우린 폭도, 폭도 말만 들었지, 폭도가 뭔지 몰랐었어, 그땐.

뭔지 모르지만 무서운 존재였구나.

응. 그것들이 먹을 거 가지러 와서 전부 불 지르고 가는 것들이야. 그때 폭도 온다고 하면 전부 숨으러 갔었지, 잘 살아졌겠니.

저는 법환에 4·3 피해 거의 없었다고 들었었어요.

피해 별로 없었는데 저 윗동네들은 집이 많이 탔을 거야.

서호 마을만 해도 피해 컸다고 하던데.

찔러서 죽여버리고 총으로 팡팡 맞혀서 죽여버리고 그랬는데, 법환은 그런 건 없었어. 그런 건 없고, 폭도들이 불 붙여버리니까 한 20가구 탔나? 하효나 강정 마을에서는 나오라고 한 다음 열 맞춰서 서서 팡팡 쏴버렸다고 하는데 법환 마을에는 그런 건 없었어.

폭도, 폭도 해도 다른 지역보단 피해가 심하진 않았고. 그래도 어린 나이에 성 쌓고 지키느라 고생은 다 했네요.

Fact check!

법환마을지를 찾아보니 실제로 4·3 때 전 동민이 총동원되어 성을 쌓았다고 한다. 4km에 이르는 내성을 쌓는 데 총 3~4개월이 소요되었고, 곧이어 2차 성인 외성은 5m 간격으로 쌓았는데 길이가 5km나 되었다고 한다. 100m 간격으로 초소를 설치하여 망을 보게 했는데 7~8명의 장정(17~50세까지)들이 해질 무렵부터 새벽까지 초경, 중경, 말경으로 나누어 보초를 섰다고 한다.

또한 1951년 3월 22일에 무장대가 법환의 속당모루와 양지모루 사이의 성을 넘어 침투하였다고 한다. 닥치는 대로 돌아다니며 집에 불을 지르고 식량과 재물 약탈에 혈안이었고, 총소리에 잠을 깬 주민들은 식구들을 살리기 위해 아랫동네로 내려가거나 나무나 돌담 밑에 숨어서 불타는 집을 바라보며 발만 동동 굴렀다고 한다.

비행기 팡팡헌
그날

6·25 전쟁 때는 어땠어요?

아이고, 그땐 나 11살엔가, 12살엔가. 할머니 나이를 계산해보면 1950년에는 17살임 동동네 살아신디, 그때 저 서귀포에 출력 갓주. 마을서 일허레 가랜 허난.

출력? 출력이 뭐예요?

옛날엔 이 동네 반 동네를 '반'이라는 구역으로 나눴음 안에서 일허레 가낫져. 어멍넨 밧디 검질매러들 가불고 난 그디 일허레 보내난 가신디, 아이고, 6·25 사변 경험헌 건 그날로 행 끝일 거라. 비행기가 위로 올라오멍 팡팡팡 허난 나도 탁 허멍 엎더젼. 비행기가 이젠 몬 끔끔허난 이제랑 집이 가겐 해그넹 돌아오는디, 오다가 비행기 소리 나민이 곱을 디 엇이난에 고랑캥에 곱았단 나오고 곱았단 나오고 허멍 집에 와낫주. 그때 동동네 집이여신디, 문 톡 더끄고 구석에 앚아 잇엇주. 어멍네는 밧디 강 저물와서야 와서라. 밧디서 검질맬 때는 그 비행기 소리가 안 나신고라. 비행기로 쏘아부난 법환 어촌계 창고도 고망 똘아졌져, 어떵햇져 허더라. 6·25 사변 때도 비행기 꽝꽝한 그날만 경햇주, 오래가지 않안. 제주도는 하루 경해실 거여.

비행기 꽝꽝헌 그날

6·25 전쟁 때는 어땠어요?

아이고, 그땐 나 11살엔가, 12살엔가. 할머니 나이를 계산해보면 1950년에는 17살임 동동네에 살았었는데, 그때 저 서귀포에 출력 갔었어. 마을에서 일하러 가라고 하니까.

출력? 출력이 뭐예요?

옛날엔 이 동네 반동네를 '반'이라는 구역으로 나눴음 안에서 일하러 갔었어. 어머니넨 밭에 김매러 가버리니까 난 거기에 일하러 보내서 갔는데, 아이고, 6·25 사변 경험한 건 그날로 해서 끝일 거라. 비행기가 위로 올라오면서 팡팡팡팡하니까 나도 탁 하면서 엎어졌어. 비행기가 이젠 전부 잠잠하니까 이제는 집에 가자고 해서 돌아오는데, 오다가 비행기 소리가 나면 숨을 데가 없어서 고랑창에 숨었다가 나오고 숨었다가 나오고 하면서 집에 왔어. 그때 동동네에 우리 집이 있었는데, 문 꼭 닫고 구석에 앉아 있었어. 어머니네는 밭에 가서 어두워서야 왔더라고. 밭에서 김맬 때는 그 비행기 소리가 안 났나 봐. 비행기로 쏘니까 법환 어촌계 창고도 구멍 뚫렸다, 어떻게 됐다 하더라. 6.25 사변 때도 비행기 팡팡한 그날만 그랬지, 오래가지 않았어. 제주도는 하루 그랬을 거야.

딱 100살까지만
살게마씸

할머니 요즘 몸은 좀 어떠서요?

90살 넘엉도 살아지켜, 이제.

지금 보면 20~30년은 더 살아질 것 같아요. 기억력도 너무
좋으시고. 할머니 100살 채워야 돼.

아이고, 오래 살앙 무신거혈 거니? 사람은 늙은 것가 제일 쓸
곳 엇댄 햄쪄.

아유, 할머니는 존재만으로 소중해, 중요해, 필요해! 할머니
100살까지만 삽시다. 할머니 오래오셔 사셔서 옛날 얘기들
도 계속 들려주고, 손지들한테 좋은 얘기해주고 해야죠.

다른 건 늙은 거 쓸 거 잇인디, 사람 늙은 거는 쓸 거 엇댄 햄
쪄. 좋은 얘기도 이제난 이만이라도 말 골아져주, ᄒ쑬 늙으
민 말 골아지크냐. 곧지 못허주.

말씀 잘 하실 것 같은데? 90세에 이 정도 말씀하시면 100세에도 말 잘하주. 아무것도 안 하셔도 할머니가 존재하는 것만으로도 좋은 거. 그냥 할머니 있는 게 좋아.

할망 이제 쓸 거 하나토 없다. 이제 죽어지민 막 좋을 건디.

이 얘기 10년 전부터 듣는 중인 것 같아. 옛날에는 이 얘기 들으면 안절부절못했는데 이젠 그렇지 않지. 우리 할머니 "아니우다게. 오래 사셔야지요." 이 소리 듣고 싶은 거 닮아. 신술길 여사, 100살 가자!

(웃음)

딱 100살까지만 살게마씸

할머니 요즘 몸은 좀 어떠셔요?

90살 넘어서도 살 수 있을 것 같아, 이제.

지금 보면 20~30년은 더 살아질 것 같아요. 기억력도 너무 좋으시고. 할머니 100살 채워야 돼.

아이고, 오래 살아서 뭐 할 거니? 사람은 늙은 것이 제일 쓸 곳 없다고 하더라.

아유, 할머니는 존재만으로 소중해, 중요해, 필요해! 할머니 100살까지만 삽시다. 할머니 오래오셔 사셔서 옛날 얘기들도 계속 들려주고, 손자들한테 좋은 얘기해주고 해야죠.

다른 건 늙어도 쓸모가 있는데, 사람은 늙으면 쓸모가 없다고 하더라. 좋은 얘기도 지금이니까 이만큼이라도 말할 수 있는 거지, 좀 더 늙으면 말할 수 있겠니. 말하기 어렵지.

말씀 잘 하실 것 같은데? 90세에 이 정도 말씀하시면 100세에도 말 잘하지. 아무것도 안 하셔도 할머니가 존재하는 것만으로도 좋은 거. 그냥 할머니 있는 게 좋아.

할머니 이제 쓸 게 하나도 없다. 이제 죽을 수 있으면 참 좋을 건데.

이 얘기 10년 전부터 듣는 중인 것 같아. 옛날에는 이 얘기 들으면 안절부절못했는데 이젠 그렇지 않지. 우리 할머니 "아니에요. 오래 사셔야지요." 이 소리 듣고 싶은 것 같아. 신술길 여사, 100살 가자!

(웃음)

나의 할머니,
신술길 여사께

10년 전부터 "아이고, 내가 얼른 죽어야지." 앓는 소리를 하셨던 할머니. 그런 얘기를 들을 때마다 뭐라고 말씀드려야 할지 몰라 전전긍긍했었죠. 저도 이제 30대에 들어오니 할머니의 그런 말씀에 휘둘리지 않게 되었어요.

할머니, 저도 이제 반육십 되수다. 할머니의 나약한 말에 마음이 작아졌던 어린 똘내미가 아니에요. '죽어야지' 하는 할머니의 말보다 '우리 곁에 있어주세요'라는 목소리를 더 크게 낼 수 있는 반육십 살 손녀가 되어수다!

할머니가 우리 곁에 있어주는 것 자체가 참 소중해요. 건강하게만 있어 주세요. 오래오래 할머니의 이야기를 들려주세요.

할머니, 딱 100살까지만 살게마씸. '법환 100살 할머니'로 유명해지게마씸! 저도 할머니 덕분에 '100살 할머니 손지'로 유명해지쿠다!

나의 역사는
닦이지가 않는다

—

2부

제주 위에 그려진
할망의 역사

할머니와 육남매
할머니부터 반시계 방향으로 큰고모, 큰아빠,
샛아빠, 작은고모, 우리 아빠, 작은아빠

나의
역사는
닦이지가
않는다

"나의 역사는 지워지지가 않는다"

할머니의 삶이 너무나도 고달프고 아팠기에
잊히지가 않는다는 할머니 말씀

60년
물질 인생

할머니 언제부터 물질 시작했어요?

13살부터 시작행 15살 나난 막 크게 햇져.

15살 되니까 본격적으로 해녀 일 한 거예요? 13살 때는 배
우기 시작하고? 그때 얘기해 주세요.

**난 막 욕도록 물질허지 못햇주. 우리 어멍이 몰망 허레 가난
어멍 마중 가신디, 난 13살 나도록 물질을 헐 줄을 모르난 나
안아당 저 바당 깊은 데 가그넹 내비뒨 어멍은 나와불언. 난
그디서 어떵어떵어떵어떵 히엉 나온 것이 물질 배운 것이여.**

아, 할머니 13살 되도록 헤엄 못 치니까 어머니가 그냥 바
다에 빠트려버렸구나. 어떻게든 헤엄쳐서 나오라고? 할머니
어머니께서 강하게 키우셨네. 할머니 몇 살 때까지 해녀 핸?

75살 7 장 허고, 76살 되는 해에 허리 수술해부난 못해시녜게.

할머니 지금 90살이니깐 15년 전까지 물질했구나. 2008년까지. 와, 그럼 13살부터 75살까지 63년 동안 물질하션!

이디서사 무시거 헐 거 잇어시니? 그땐 물질 못허민 시집도 못 간댄 햇져. 아무것도 배울 것도 없고 돈 날 것도 없고.

할 게 해녀 일밖에 없으니까?

응. 게난 물질들 배우젠들 해낫지. 난 늦엉 배워도 잘 해낫주게.

하하. 할머니 물질 막 잘했다고 하더만요. 저 해녀 학교 다닐 때도 할머니가 그렇게 물질 잘하셨다고 얘기 많이 들었어요. 상군 해녀였다고 해녀 삼춘들이 말씀하시더라구요. 근데 13살이면 물질 늦게 배운 거예요?

응. 늦게 배운 거지게. 눔들은 애기 때부터 배워신디.

13살도 지금으로 치면 초등학교 6학년 나이인데? 다른 분들은 몇 살 때부터 시작하는데요?

다른 사람들은 여남은 살 나민 바당에 강 파닥파닥 히고 어떵 햇주만은 나는 13살 나사 배움 시작핸.

할머니 언제부터 물질 시작했어요?

13살부터 시작해서 15살 되니까 본격적으로 했어.

15살 되니까 본격적으로 해녀 일 한 거예요? 13살 때는
배우기 시작하고? 그때 얘기해 주세요.

난 다 자라서도 물질하지 못했어. 우리 어머니가 모자반
캐러 가니까 어머니 마중 갔는데, 난 13살이 되도록 물질
을 할 줄을 모르니까 어머니가 날 안아다가 저 바다 깊은
데로 가서 내버려두고 어머니는 나와버리셨어. 난 거기서
어떻게 어떻게 헤엄쳐서 나온 게 물질 배우게 된 것이야.

아, 할머니가 13살이 되도록 헤엄을 못 치니까 어머니가
그냥 바다에 빠트려버렸구나. 어떻게든 헤엄쳐서 나오라
고? 할머니 어머니께서 강하게 키우셨네. 할머니는 몇 살
때까지 해녀 했어?

75살까지 하고, 76살 되는 해에 허리 수술해서 못했지.

할머니 지금 90살이니깐 15년 전까지 물질했구나.
2008년까지. 와, 그럼 13살부터 75살까지 63년동안 물
질하셨네!

여기서야 뭐 할 게 있었겠니? 그땐 물질 못하면 시집도
못 간다고 했었어. 아무것도 배울 것도 없고 돈 벌 수 있

는 것도 없고.

할 게 해녀 일밖에 없으니까?
응. 그러니까 물질 배우려고 했었지. 난 늦게서야 배워도
잘 했었어.

하하. 할머니 물질 정말 잘하셨다고 하더라구요. 저 해녀
학교 다닐 때도 할머니가 그렇게 물질 잘하셨다고 얘기
많이 들었어요. 상군 해녀였다고 해녀 삼춘들이 말씀하시
더라구요. 근데 13살이면 물질 늦게 배운 거예요?
응. 늦게 배운 거지. 다른 사람들은 아기 때부터 배웠어.

13살도 지금으로 치면 초등학교 6학년 나이인데? 다른
분들은 몇 살 때부터 시작하는데요?
다른 사람들은 여남은 살 되면 바다에 가서 파닥파닥 헤
엄쳤지만 나는 13살 되어서야 배우기 시작했어.

60년 물질 인생

가족들 먹여 살린
효자

그때는 바다에서 주로 뭐 잡아왔어요?

그때는 미역. 미역 이만이 허면 어촌계, 어업조합에서 받아
가주게. 그걸로 해여그넹 돈 행 썻져.

미역이 돈이 좀 됐구나?

4층미역 무게 단위(할머니께서 말씀하신 '4층'은 많은 미역을 수확했다는 것을 의미함)
한 사람들 그걸로 행 전기도 걸고 집 짓는 디도 보태곡. 미역
해네 혼 몇 년은 곤란 피해낫져. 하르방이 그추룩 '메역 마중'
을 잘한다게.

미역 마중? 아~ 미역 들어주러 오는 거?

일로 와가민 그거 행 몬 올려 놓고 이레 집이 져 오곡. 막 잘
해여. 와그네 그것도 베로 영영 몬 메어그넹 젖은 옷도 벗지
않애그넹 몬 들어, 하르방.

오~ 완전 사랑이네! 할머니 사랑하니깐 그거 다 들어줬네.

그거 큰 돈이난게.

아이~ 할머니 사랑하니깐 들어준 거지.

아이고~ 도온! 그거 몬 돈.

하하. 그 미역이 돈으로 보였구나.

돈이주게! 미역 경허민 돈이 오죽 하나시냐. 4층썩 하민이,
법환인 4층썩 한 사람 여남은 사람밖에 안 되나서. 메역으로
행 집 짓인 값도 물고, 전기도 걸고, 무신것도 허고 햇주. 그
루후제 구제기나 전복도 행 잡고. 나 전복 그추룩 잘 떼주게.
전복은 지픈 데로 가사 잇고, 구제기는 노픈 여물속에 잠겨 보이지
않는 바위에 잇고. 난 전복을 잘 떼져.

할머니 상군이니깐. 깊은 데 숭숭 잘 들어가니깐.

그때 놈들은 지프다 지프다 말해도 나한텐 짚은 데가 엇어라.

하하. 할머니 능력에서는 다 얕았다?

응. 아무 데라도 들어가져.

능력 좋아부난. 상군이라부난.

게나저나 물질로 살앗주게. 초동엔 메역으로 핸 막 숨쉬엇져.

바다 그리고 할머니
할머니가 물질하러 나갔던 법환 바다
"이 바다는 모르는 데가 없다."고 말씀하시는 할머니

그때는 바다에서 주로 뭐 잡아왔어요?
그때는 미역. 미역 이만큼 해오면 어촌계, 어업조합에서 받아갔어. 그걸로 해서 돈 벌어서 썼어.

미역이 돈이 좀 됐구나?
4층미역 무게 단위(할머니께서 말씀하신 '4층'은 많은 미역을 수확했다는 것을 의미함) 수확한 사람들은 그걸로 돈 벌어서 전기도 걸고 집 짓는 데도 보탰어. 미역 수확해서 한 몇 년은 곤란 피할 수 있었어. 할아버지가 그렇게 '미역 마중'을 잘해.

미역 마중? 아~ 미역 들어주러 오는 거?
이쪽으로 오면 미역 건져서 전부 올려 놓고 여기 집까지 져 왔어. 아주 잘했지. 와서 그것도 베로 이렇게 전부 메어서 젖은 옷도 벗지 않고 전부 들었어, 할아버지.

오~ 완전 사랑이네! 할머니 사랑하니깐 그거 다 들어줬네. 그거 큰 돈이니까.

아이~ 할머니 사랑하니깐 들어준 거지.
아이고~ 도온! 그거 다 돈.

하하. 그 미역이 돈으로 보였구나.

돈이지! 미역 그렇게 하면 돈이 오죽 많았겠니. 4층씩 수확하면, 법환 마을에서는 4층씩 수확한 사람이 열 명 정도밖에 없었어. 미역으로 돈 벌어서 집 지은 값도 물고, 전기도 걸고, 다른 것도 하고 그랬지. 시간이 지난 후에는 소라나 전복도 수확하고. 나 전복을 그렇게 잘 뗀다. 전복은 깊은 데로 가야 있고, 소라는 높은 여둘속에 잠겨 보이지 않는 바위에 있고. 난 전복을 잘 떼.

할머니 상군이니깐. 깊은 데 숭숭 잘 들어가니깐.
그때 남들은 깊다 깊다 해도 나한텐 깊은 데가 없더라.

하하. 할머니 능력에서는 다 얕았다?
응. 아무 데라도 들어갈 수 있었어.

능력이 좋아서. 상군이니까.
그러나저러나 물질로 살았지. 초반엔 미역 수확해서 숨통이 트였어.

가족들 먹여 살린 효자

아이 돌앙
육지 물질

할머니 몇 살 때 상군 됐다고 했지요?

제라허게 상군 할 때는 25살부터 햇주게. 스물 나난 육지 댕기고. 육지 물질도 흔 서너번 갓다왓져. 느네 큰아방 뱃속에 담고 큰고모 돌고.

큰아빠는 뱃속에 임신해 있고, 큰고모는 어렸을 때 데리고 갔다오셨다구요?

응. 느네 큰고모 세 살 때. 그땐 하르방은 군인 가분 때. 뱃물질 허젠 허난 애기 바당드레 털어지카부댄 배에 무껑. 바당에 들어갓당 애기 울음 소리 나민 올라왕 베려보고. 그전이 애기 안 돌 때 두 번 물질 가오고, 애기 돌앙 한 번 물질가고. 그루후제는 안 가낫져.

육지에 물질하러 가면 오래 있다가 와요?

한 3~4개월 살당 온다. 집 빌엉.

육지 물질 가면 돈 많이 벌어와요?
그때 돈도 많이 벌지도 못햇주만은 이디는 아무것도 돈 날
것가 엇언게.

네? 그때는 지금보다 해산물 많았다면서요? 돈 될 해산물들
많았을 것 같은데?
그때는 물건^{해녀들은 해산물을 '물건'이라고 함} 살 사람이 엇언. 지금은
물건 살 사람이 많주만은 그때는 일본서 받아 가지도 안허고
누게가 오지도 않고.

아, 잡아올 해산물은 있었는데 그 물건을 살 사람이 없었다구
요? 육지에서는 해산물 살 사람이 있으니까 육지 찾아간 거구나.
응. 그리고 이디서는 바당 멀리까지 물질 나가야 되난 추웡
물질 못 해낫져. 육지서는 기냥 톡 털어지면 물질해진다. 이
앞이 바다 강 물질해져.

제주도는 먼바다까지 나가야 되는데 육지는 물질할 수 있는
곳이 가까이에 있어서 편했구나.

할머니 몇 살 때 상군 됐다고 했지요?

본격적으로 상군 할 때는 25살부터 했지. 스무 살 되니까 육지 다녀오고. 육지 물질도 한 서너 번 갔다왔어. 너희 큰아빠는 임신하고 큰고모 데리고.

큰아빠는 뱃속에 임신해 있고, 큰고모는 어렸을 때 데리고 갔다오셨다구요?

응. 너희 큰고모 세 살 때. 그땐 할아버지는 군대에 가 있을 때. 뱃물질 하려고 하는데 아기 바다로 떨어질까 봐 배에 묶었어. 바닷속에 들어갔다가 아기 울음 소리 들리면 올라와서 쳐다보고. 그전에 아기 없을 때도 두 번 물질 갔다왔고, 아기 데리고도 한 번 물질 다녀왔어. 그 이후에는 안 갔어.

육지에 물질하러 가면 오래 있다가 와요?

한 3~4개월 살다가 온다. 집 빌려서.

육지 물질 가면 돈 많이 벌어와요?

그때 돈도 많이 벌지도 못했지만 여기서는 아무것도 돈 나올 것이 없었지.

네? 그때는 지금보다 해산물 많았다면서요? 돈 될 해산물들 많았을 것 같은데?

그때는 물건해녀들은 해산물을 '물건'이라고 함 살 사람이 없었지.

지금은 물건 살 사람이 많지만 그때는 일본에서 받아 가지도 않고 누가 오지도 않고.

아, 잡아올 해산물은 있었는데 그 물건을 살 사람이 없었다구요? 육지에서는 해산물 살 사람이 있으니까 육지 찾아간 거구나.

응. 그리고 여기서는 바다 멀리까지 물질 나가야 되니까 추워서 물질 못 했었어. 육지에서는 가까이에서 물질할 수 있어. 가까운 바다에 가서 물질할 수 있어.

제주도는 먼바다까지 나가야 되는데 육지는 물질할 수 있는 곳이 가까이에 있어서 편했구나.

아이 돌앙 육지 물질

고무옷도 엇이
물질햇주

해녀 일 힘들었을 때는 없었어요?

그땐이 기운 좋고 젊을 때고 허난 힘든 거, 어떵한 거 몰라라. 밥 먹을 것도 엇이난 아측이 밥 혼직 먹엉 간 저물앙 밥안 먹엉 물질허당 와시녜. 먹을 것도 엇고게. 경해도 배고픈중도 모르고. 또 물질은 배고프듯 해사 더 좋나. 배고프듯해사 바당에 할할 댕겨져. 배불민 먹은 거 위로 나오젠 허고 궂어.

바닷속에서 오래 일하려고 하면 막 추웠을 거 아니에요?

겨울에 막 추울 때는 한 시간도 못 허주. 한 30분 행 나오고.

아이고, 그때는 지금 같은 고무옷도 없었을 건디.

응. 고무옷 없었지. 고무옷 나신 지가 오래되시냐. 나 50대부터 고무옷 입어져신가?

그 전에는 천 쪼가리 입고?

오게! 처음엔 양말도 안 신고 장갑도 안 찌고 신도 안 신곡행 댕겨낫져. 경허당에 말젠 양말도 신고 신도 신고 장갑도 찌고. 아이고, 계난 나 자꾸게 "나 살아난 건 니네 굴아도 모른다." 햄네.(웃음)

하하. 맞아. 할머니 그 말씀 100번 하셨어! 이 책 제목 '굴아도 몰라'로 할까 했지요. 할머니의 명대사니까. 할머니의 얘기는 정말 제주의 역사야! 제주의 근현대사야!

1970년대 중반 이후 보급된 고무옷
출처: 해녀박물관, 『제주 해녀 옷 이야기』, 2013.

고무옷도 엇이 물질햇주

해녀 일 힘들었을 때는 없었어요?

그땐 기운이 좋고 젊을 때니까 힘들었는지, 어땠는지 몰랐지. 밥 먹을 것도 없어서 아침에 밥 한 술 먹고 나가서 해 저물 때까지 밥도 안 먹고 물질하다가 왔어. 먹을 것도 없었지. 그래도 배고픈 줄도 몰랐어. 또 물질은 배고픔을 느끼며 해야 더 좋아. 배고프듯 해야 바다에 수월하게 다닐 수 있어. 배부르면 먹었던 게 위로 나오려고 해서 안 좋아.

바닷속에서 오래 일하려고 하면 엄청 추웠을 거 아니에요?

겨울에 엄청 추울 때는 한 시간도 못 했지. 한 30분 해서 나오고.

아이고, 그때는 지금 같은 고무옷도 없었을 건데.

응. 고무옷 없었지. 고무옷 나온 지가 오래되지 않았지. 나 50대부터 고무옷 입을 수 있었나?

그 전에는 천 쪼가리 입고?

당연하지! 처음엔 양말도 안 신고 장갑도 안 끼고 신발도 안 신고 다녔어. 그러다가 나중엔 양말도 신고 신도 신고 장갑도 꼈지. 아이고, 그러니까 내가 자꾸 "나 살았던 것은 말해도 너희들은 모른다." 하잖아.(웃음)

하하. 맞아. 할머니 그 말씀 100번 하셨어! 이 책 제목 '골 아도 몰라(말해도 몰라).'로 할까 했지요. 할머니의 명대 사니까. 할머니의 얘기는 정말 제주의 역사야! 제주의 근 현대사야!

물적삼
옛날 해녀복 상의

까꾸리
물속 바위 밑 깊은 곳에 붙어 있는
해산물을 딸 때 쓰는 도구

물소중이
옛날 해녀복 하의

빗창
해녀들이 전복(빗)을 딸 때
쓰는 도구

족은눈
물안경

출처: 『제주 도구』

바당은
요술

할머니, 요즘에 환경에 관심 갖는 사람들이 많아요. 특히 학생들 중에서도 환경 오염이나 바다 생태 변화에 대해 공부하려는 아이들이 많아요. 할머니 물질하실 때는 환경 오염됐다는 얘기 별로 안 들어봤죠?

나 물질헐 때엔 경 오염된 것가 베랑 엇엇져. 메역도 나고 물망도 나고. 겐디 70살 나 가난 ᄒ쏠 오염되연. 바당에 돌이 거멍햇턴 것이 허영해가연. 그때부턴 ᄒ쏠 오염이 되가서.

할머니가 해녀 은퇴하실 때쯤에는 바다 오염이 눈에 보이기 시작했구나. 돌 하애지는 거 보고 바다가 오염되어가는구나 해녀들도 느끼긴 했구나. 그러면 돌이 하애지면서 바다에 어떤 변화가 있었어요? 물건해녀들이 수확하는 해산물들이 잘 안 잡힌다거나 하는 변화가 있었어요?

그때까지는 물건이 엇진 않고, 아래도 감태도 잇고.

지금은 어떻대요? 해녀분들이 말씀해주시지 않아요?

이제 걷는거 들으난 바당이 원 해영햇댄. 돌이 더 해영해져 불고. 위쪽에는 감태도 원 아무것도 엇댄.

아, 할머니 물질하실 때는 위에도 감태 났었는데요?

응. 우리 때는 감태 낫엇져.

지금은 사라져가는 물건들이 많겠어요. 미역도 잘 안 난다고 했던 것 같은데.

올해는 막 안 낫댄. 소라도 예전만이 안 남댄 햄쳐. 그것도 오염인고라 이디 법환이만이 아니라 TV에 다른 디 해녀 나왕 걷는 거 보난 사람 늙는 것보단 바당이 커신 오염되부럿 댄. 바당으로만 이제꼬지 살아신디 바당에 물건도 엇곡, 우리 늙는 것보다 바당이 더 빨리 오염되연 늙어부난.

어머, 중요한 얘기다!

물질해 봐도 소라가 먹을 게 엇어노난 소라도 엇엄잰 허멍 그 해녀가 골아라. 아무 바당도 그거라.

옛날에는 법환 바다에 우뭇가사리도 많이 나고, 미역도 많았고, 거름 하는 몰망도 많았다고 하는데, 저 2018년에 법환 해녀학교 다니면서 물질할 때는 하나도 못 봤거든요.
응. 니 헐 때는 아무것도 엇일 때여. 옛날에는 뭄국, 뭄국하는 몰망도 미삭해낫져. 경해나신디 이제는 ㅎ나토 엇이녜게.

할머니 때는 많았었는데 지금은 없어진 물건들 더 있어요?
미역도 엇어지고, 감태도 엇어지고, 우뭇가사리, 메역. 예전에 지충이랜 하는 몰망도 하낫져게. 물싸면 나는디 그런 것도 이젠 ㅎ나 엇. 게난 바당이 막 오염되부는 거 닮다.

그러게요. 가파도는 아직도 미역 한다고 들었는데.
아뎅해도 바당이 막 쎄고 하난 이디만이 오염되지 않앗주게. 이딘 게 하도 농약 써노난 그 물 누려간 더 오염되비실거여.

맞아. 농약 같은 거 다 바다로 흘러 들어가 버려서.
경햄서. 그전이사 농약이 잇어시냐게. 농약도 엇곡 비료도 엇곡. 머리도 비누로 안 감곡 흙 파다그넹 벌겅한 천역 받앙 놔뒀다그넹 그걸로 머리 감아나시녜.

아, 오염 안 되는 흙 같은 걸로?

응. 비누랜 헌 거는 원 엇어난게. 옛날에사 밧디 강 온 것도
바당이 강 궂인 물만 헹궈그넹 널엇주. 경해낫주만 이젠 비
누여 락스여 무신 거여 하도 해노난 오염 안 될 수가 잇이냐.
락스 같은 거 다 바당드레 들어가는 거 아니냐.

할머니 말씀 들으면 바다가 얼마나 변화됐는지 딱 알겠어요.
우리가 쓰는 것들이 환경을 오염시킨다는 거 느낄 수 있겠어
요. 그럼 지금 자라나는 아이들한테 뭐라고 말해주는 게 좋
을까요? 바다를 지키기 위해 어떤 노력을 해야 할까요?
암만이 노력해도 살기 좋고 하도 그런 것들 써노난 바당 오
염 안 될 수가 엇다게. 안 될 수가 엇어.

그래도 조그마한 노력이라도 해보자고 해야지.
이녁 조금 불편허댄 해도 비료 ㄱ튼 것들 두루 쓰고, 샴푸 ㄱ
튼 것들 두루 쓰고. 매날 쓰던 것들이 다 어디로 가느니게?
그 물이 다 바당드레 가지.

맞아. 그걸 생각해야 하는 거죠! 내가 쓴 샴푸가 바다로 들어
가서 환경오염을 만들어내고 있다는 걸.
옛날엔 화장실도 지금추룩 안 허고, 똥 싼 것도 도새기들이

바당은 요술

먹어불고 거기 있는 것들이 다 거름이 되고 햇주만은.

그죠. 그때는 다 자연에서 순환이 됐는데.
응. 다 그디에서 몬딱 처리해신디 이젠 그거가 잇엄시냐. 몬딱 바당으로 들어감주.

이젠 몇 년 후에는 소라도 안 나는 거 아니에요?
게메이. 바당은 요술헌댄 헌다게. 바당은 요술이나 다름 엇어. 바당이 언제는 막 쎄고, 언제는 불아불고 물건도 혼번은 잇곡 혼번은 엇곡. 물건도 엇엇당 잇고 한댄 해도이 요새는 물건이 경 엇댄 햄저게.

아, 물건이 있다 없다 하지만 점점 사라지고 있다는 말이구나.
응. 엿날엔 우리 한창 해녀헐 때는 해녀가 120명, 130명 되낫 주게. 경헌디 이젠 혼 40명밖에 안 됨주게. 점점 엇어진다게.

왜 해녀 수가 점점 줄어드는 걸까요?
엿날에는 바당에만 살지 않아시냐. 경햇주만 이젠 니네 7튼 사람들 물질허잰 햄냐? 나이 들어가는 해녀들 엇어지면 이제 점점 더 엇어질 거주. 바당 일은 힘들고 위험헌 일 아니냐게. 숨 춤앙 허는 일인디.

옛날처럼 해산물이 많지 않은 것도 영향이 있지 않을까요?
응. 그때는이 오분자기도 잘도 하낫쪄게. 이젠 그것가 엇어.

지금도 오분자기 나긴 나는데 그때랑 다른 거죠?
완전 줄고 원 엇댄 햄쪄. 이젠 돌이 해영해그넹 오분자기 붙
을 때가 엇주게. 우리 때는 고냥 엇인 데도 오분자기 잇어나
서. 이젠 하도 돌 밀어져부난 오분자기 붙을 때가 엇어. 동녁
바당에 강 성게도 잡아다가 이디 바당에 들이치고 해도 먹을
거가 엇어노난 성게가 욤진 않암댄 햄쪄. 알이 엇어.

아, 성게도 먹을 것이 있어야 잘 자랄 텐데 성게 같은 해양동
물들이 먹을 것들도 사라져버려서 그런 거구나.
게난 이제 혼 몟 년 살아가민 이 알바당은 그럭저럭 구젱기
잇어도 웃트레는 베랑 엇임직해여, 말 곧는 것들 들어보난.

해녀 사라지는 것만 문제인 줄 알았는데, 바당 속에도 사라
져가는 것들이 많네. 할머니도 해녀고, 저도 해녀에 관심이
많으니깐 이 바다 오염에 마음이 더 쓰이지요.

바당은 요술

할머니, 요즘에 환경에 관심 갖는 사람들이 많아요. 특히 학생들 중에서도 환경 오염이나 바다 생태 변화에 대해 공부하려는 아이들이 많아요. 할머니 물질하실 때는 환경 오염됐다는 얘기 별로 안 들어봤죠?

내가 물질할 때엔 그렇게 오염된 것이 별로 없었어. 미역도 나고 모자반도 나고. 그런데 70살이 넘어가니까 살짝 오염이 됐어. 바다에 돌이 거멓던 것이 하얘져 갔어. 그때부턴 조금씩 오염이 되어갔어.

할머니가 해녀 은퇴하실 때쯤에는 바다 오염이 눈에 보이기 시작했구나. 돌 하얘지는 거 보고 바다가 오염되어가는구나 해녀들도 느끼긴 했구나. 그러면 돌이 하얘지면서 바다에 어떤 변화가 있었어요? 물건해녀들이 수확하는 해산물들이 잘 안 잡힌다거나 하는 변화가 있었어요?

그때까지는 물건이 없진 않았고, 아래에 감태도 있고.

지금은 어떻대요? 해녀분들이 말씀해주시지 않아요?

요즘에 말하는 거 들어보니까 바다가 원 하얘졌대. 돌이 더 하얘져 버리고. 위쪽에는 감태도 아무것도 없대.

아, 할머니 물질하실 때는 위에도 감태 났었는데요?

응. 우리 때는 감태 났었어.

지금은 사라져가는 물건들이 많겠어요. 미역도 잘 안 난다고 했던 것 같은데.

올해는 잘 안 났대. 소라도 이제는 예전만큼 나지 않는다고 하더라. 그것도 오염 때문인지 여기 법환 마을에서만 아니라 TV에 다른 지역 해녀가 나와서 말하는 거 보니 사람이 늙는 것보다 바다가 훨씬 오염되어 버렸대. 바다 덕분에 지금까지 살았는데 바다에 물건도 없고, 우리 늙는 것보다 바다가 더 빨리 오염되고 늙어버렸다고.

어머, 중요한 얘기다!

물질해 봐도 소라가 먹을 게 없으니까 소라도 사라진다고 그 해녀가 말하더라. 어떤 바다든 다 그런 상태야.

옛날에는 법환 바다에 우뭇가사리도 많이 나고, 미역도 많았고, 거름에 쓰는 모자반도 많았다고 하는데, 저 2018년에 법환 해녀학교 다니면서 물질할 때는 하나도 못 봤거든요.

응. 네가 물질할 때는 아무것도 없을 때야. 옛날에는 몸국 요리할 때 쓰는 모자반도 널렸었어. 그랬었는데 이제는 하나도 없네.

할머니 때는 많았었는데 지금은 없어진 물건들 더 있어요?

바당은 요술

미역도 사라지고, 감태도 없어지고, 우뭇가사리, 미역. 예전에 지충이라고 하는 모자반도 많았어. 물이 빠지면 나왔는데 그런 것도 이젠 하나도 없네. 그러고 보니 바다가 아주 오염되어 버린 것 같아.

그러게요. 가파도는 아직도 미역 한다고 들었는데.
아무래도 거기는 바다가 아주 세니까 여기만큼 오염되지 않았지. 여기는 농약을 너무 쓰니까 그 물이 흘러 내려가서 더 오염되어버렸을 거야.

맞아. 농약 같은 거 다 바다로 흘러 들어가 버려서.
그러고 있어. 그전에는 농약이 있었겠니. 농약도 없고 비료도 없고. 머리도 비누로 안 감고 흙 파다가 붉은 찰흙 받아 놔뒀다가 그걸로 머리 감았었어.

아, 오염 안 되는 흙 같은 걸로?
응. 비누라고 하는 것은 전혀 없었지. 옛날에는 밭에 다녀온 옷도 바다에 가서 더러운 부분만 물로 헹궈서 널었지. 그랬었는데 이젠 비누나 락스나 그런 것들을 너무 쓰니까 오염이 안 될 수가 있겠니. 락스 같은 게 다 바다로 들어가는 거 아니겠어.

할머니 말씀 들으면 바다가 얼마나 변화됐는지 딱 알겠어요. 우리가 쓰는 것들이 환경을 오염시킨다는 거 느낄수 있겠어요. 그럼 지금 자라나는 아이들한테 뭐라고 말해주는 게 좋을까요? 바다를 지키기 위해 어떤 노력을해야 할까요?

아무리 노력해도 살기가 좋으니 그런 것들을 많이 써버려서 바다가 오염 안 될 수가 없어. 안 될 수가 없어.

그래도 조그마한 노력이라도 해보자고 해야지.
자기가 조금 불편하다고 해도 비료 같은 것들을 덜 쓰고, 샴푸 같은 것들 덜 쓰고. 매일 쓰는 것들이 다 어디로 가겠니? 그 물이 다 바다로 가지.

맞아. 그걸 생각해야 하는 거죠! 내가 쓴 샴푸가 바다로들어가서 환경오염을 만들어내고 있다는 걸.
옛날엔 화장실도 지금처럼 안 되어 있고, 똥 싼 것도 돼지들이 먹어버리고 거기 있는 것들이 다 거름이 되고 했었지만.

그죠. 그때는 다 자연에서 순환이 됐는데.
응. 다 거기에서 전부 처리했는데 이젠 그런 것이 있니. 전부 바다로 들어가지.

바당은 요술

이젠 몇 년 후에는 소라도 안 나는 거 아니에요?

그러게 말이야. 바다는 요술한다고 한다. 바다는 요술이
나 다름없어. 바다가 언제는 아주 세고, 언제는 잔풍이 불
고 물건도 한번은 있고 한번은 없고. 물건도 없다 있다 한
다고 하는데 요새는 물건이 그렇게 없다고 하더라.

아, 물건이 있다 없다 하지만 점점 사라져가고 있다는 말
이구나.

응. 옛날에 우리 한창 해녀할 때는 해녀가 120명, 130명
됐었어. 그런데 이제는 한 40명밖에 안 되지. 이제 점점
더 없어질 거야.

왜 해녀 수가 점점 줄어드는 걸까요?

옛날에는 바다에서만 살지 않았었니. 그랬었는데 이젠 너
희 나이대 사람들이 물질하려고 하니? 나이 들어가는 해
녀들이 사라지면 이제 점점 더 없어질 거야. 바다 일은 힘
들고 위험한 일 아니겠니. 숨 참고 하는 일인데.

옛날처럼 해산물이 많지 않은 것도 영향이 있지 않을까
요?

응. 그때는 오분자기도 엄청 많았어. 이젠 그게 없어.

지금도 오분자기 나긴 나는데 그때랑 다른 거죠?

완전 부실하고 잘 없다고 하더라. 이젠 돌이 하얘져서 오분자기 붙을 때가 없지. 우리 때는 구멍 없는 데에도 오분자기가 있었어. 이젠 하도 돌이 밀어져서 오분자기가 붙을 때가 없어. 동녘 바다에 가서 성게도 잡아다가 여기 바다에 들이뜨려도 먹을 게 없으니까 성게가 자라지 않는다고 하더라. 알이 없어.

아, 성게도 먹을 것이 있어야 잘 자랄 텐데 성게 같은 해양동물들이 먹을 것들도 사라져버려서 그런 거구나.

그러니 이제 한 몇 년 살다 보면 이 아랫바다에는 소라가 그럭저럭 있어도 위쪽에는 거의 없을 것 같아, 말하는 거 들어보니까.

해녀 사라지는 것만 문제인 줄 알았는데, 바닷속에도 사라져가는 것들이 많네. 할머니도 해녀고, 저도 해녀에 관심이 많으니깐 이 바다 오염에 마음이 더 쓰이지요.

바당은 요술

그 시절 법환

법환 포구의 옛날 모습

출처: 서재철, 『제주 포구』

지금의 법환
법환 포구의 현재 모습

해녀 할망의 물질 이야기

제주어 뮤지컬 〈검은 인어공주〉 中

할망, 내가 테왁 ᄀᆞ치 심어주쿠다. 물건 잘도 하영
(할머니 / 같이 / 들어드릴게요 / 해산물 정말로 많이)
잡아신게 마씸. 구젱기영 전복… 어? 물꾸럭도 있네.
(잡으셨네요 / 소라랑 / 문어)

기여. 우리 아꼬운 손지 생각하멍 구젱기 ᄒᆞ나, 전복 ᄒᆞ나
(그래 / 사랑스러운 손녀 생각하면서 / 하나)
라도 더 캐젠 했주.
(캐려고)

잘도 속아수다. ᄄᆞᆺᄄᆞᆺ한 데 들어강 몸 녹이게 마씸. 할망의
(고생하셨어요 / 따뜻한 / 들어가서)
ᄌᆞ미진 바당 이야기보따리도 풀어줍써.
(재미있는 / 바다)

좋주. 무신 얘기 들려주카?
(무슨)

음~ 할망 옛날에 ᄌᆞᆷ수할 적 얘기! 할망은 언제부터 물질
(잠수)
시작해수과?
(시작했어요)

물질? 음… 딱 너만헐 때 시작했주.

나만헐 때? 와…

우리 땐 ᄯᆞᆯ로 태어나민 다덜 물질허는 걸로 알았주.
(딸 / 다들)
게민 할망이 13살 때부터 물질해시난… 우와~ 60년간

물질헌 거 마씸?

벌써 60년자락 되시냐? 경해도 옛날에 비허민 지금은
(이나 / 됐어 / 그래도)

제주가 담긴 노래를 만들고 부르는 교사모임 'ᄒᆞᆫ디놀레'에서 해녀를 주제로 노래와 뮤지컬 대본을 만들었다. 제주학생문화원에 음악과 뮤지컬 대본을 제공하였고, 2020년에 학생 공연이 올려졌다. 뮤지컬 대본 중 할머니와의 대화가 모티브가 된 부분을 발췌하였다.

막 편해졌주. 나 두렸을(어렸을) 때만 해도 지금 고무복은 상상도 못해시녜게(못했었지). 추운 겨울에도 이 소중이만 입엉 바당에 들어강 물질해서(물질했어).

잘도 얼었젠 마씸(추웠겠어요).

느 큰아방 뱃속에 임신허곡 느 고모 3살 어린 아이일 때 기억 남쪄. 느 하르방은 군대가곡 가족덜 멕영 살리젠(먹여 살리려고) 육지로 물질 나갔주. 3살 두린 아이는 뗏목 우티(위에) 태우곡 부른 배로 물질해시녜. 물 속에 들어갔당 애기 울음 소리 들리민 잠깐 나왕 베려보고(쳐다보고).

할망 잘도 고생해수다… 지금은 상상도 못헐 일이우께.

그때는 먹을 것도 귀허곡 살기 힘들었주. 경해도 먼바당으로 나갈 때 노를 저으멍 불렀던 이어도사나 노래가 그추룩(그렇게) 그리운다. 해녀들이 ᄒᆞᆫ디 불렀던 그 노래는 ᄎᆞᆷ말(정말) 좋았주. 들어볼타(들어볼래)?

좋수다! 나도 ᄀᆞ치 따라 부르젠 마씸.

이어도사나(이어도사나) 이어도사나(이어도사나)

이어도사나 힛(이어도사나 힛)

한 손에는 테왁 들곡 한 손에는 빗창 들엉

(이어도사나 이어도사나)

전복 구젱기 해삼 미역 바닷속의 보물 찾게

(이어도사나 이어도사나)

우리 가족 먹여살리는 보물 중의 보물이여

(이어도사나 이어도사나)

흔질 두질(흔질 두질)

짚은 물 속(짚은 물 속)

허위적 허위적(허위적 허위적)

들어가게(들어가게)

– 혼디놀레 작사·작곡·노래 〈빠른 이어도사나〉

할망! 나도 할망추룩 좀녀 되쿠다!
처럼 해녀 될래요

좀녀? 아이고~ 물질이 얼마나 힘든지 알아지크냐. 우리
알겠니

손지는 학교 선생이 더 어울릴거여.

난 할망ㄱ치 멋진 좀녀가 되쿠다. 바당의 보물을 캐오는

할망이 세상에서 제일 곱닥하우다.
아름다워요

(할망의 테왁을 들춰 메면서) 짜잔! 할망추룩 곱지예?
아름답지요

기여. 우리 이추룩 빙세기 웃이멍 살게이.
이렇게 빙그레 웃으면서

쉴 저를이
잇어시냐

할아버지 일본 가서 사신 적 있다고 했지 않아요?

응. 나도 일본에 김치 공장에 간 두 달 일해시녜.

몇 살 때 김치 공장에서 일하신 거예요?

나 55살 때. 그땐 못살지 않을 때. 큰 손지들도 있을 때. 일본
에 두 달 살멍이 자이네들 잘도 보구정핸이.

김치 공장에서 김치 만드셨어요?

응. 김치도 맨들고 김치 숨 죽이고 씻치고 그런 일. 버무리는
사람은 따로 잇고.

할머니 근데 그때는 해녀 일 하시고 있을 때 아니에요?

그때 여름에 물질 금지되실 거여.

아~ 여름에 해산물 수확 못 하는 금채 기간 있죠. 그때 다녀오셨구나.

응. 경해그넹 6월에 일본 가실 거여. 여름에 두 달 살앙 완.

이 얘기 완전 처음 들어요. 할머니 쉬지 않고 일하셨구나.

아고, 쉴 저를이 잇어시냐. 그디서 재와주고 멕여주고. 일주일에 두 번 목욕할 거 표 나오고.

와, 할머니 오래전 일인데도 다 기억하셔요. "뭘 기억나느니?"라고 하시고는 다 말씀해주셔. 몇 살에 있었던 일인지, 몇 년도에 무슨 일 했는지 다 기억하셔.

느 작은어멍이 날ㄱ라 어머니는 지네보다 정신 좋댄. 멧 년 전에 약장시 오난 구경 가신디 내가 나 난 날이여, 아들들 난 날이여, 똘들 난 날이여 다 굴으난, 막 박수치랜. 여든다섯 살 난 할망 중에 이추룩한 할망은 처음 보구랜. 난 베랑 잊어불주않혀.

할머니 젊다, 젊어. 잘도 부러운게마씸.

할아버지 일본 가서 사신 적 있다고 했지 않아요?
응. 나도 일본에 김치 공장에 가서 두 달 동안 일했었어.

몇 살 때 김치 공장에서 일하신 거예요?
나 55살 때. 그땐 못살지 않을 때. 큰 손주들도 있을 때. 일본에 두 달 살면서 쟤네들(손주들)이 정말 보고 싶더라.

김치 공장에서 김치 만드셨어요?
응. 김치도 만들고 김치 숨 죽이고 씻고 그런 일. 버무리는 사람은 따로 있고.

할머니 근데 그때는 해녀 일 하시고 있을 때 아니에요?
그때 여름에 물질 금지됐었을 거야.

아~ 여름에 해산물 수확 못 하는 금채 기간 있죠. 그때 다녀오셨구나.
응. 그래서 6월에 일본 다녀왔을 거야. 여름에 두 달 살다가 왔어.

이 얘기 완전 처음 들어요. 할머니 쉬지 않고 일하셨구나.
아고, 쉴 겨를이 있었겠니. 거기서 재워주고 먹여주고. 일주일에 두 번 목욕할 수 있는 표 나오고.

와, 할머니 오래전 일인데도 다 기억하셔요. "뭘 기억하겠어?"라고 하시고는 다 말씀해주셔. 몇 살에 있었던 일인지, 몇 년도에 무슨 일 했는지 다 기억하셔.

네 작은엄마가 날보고 어머니는 자기네보다 정신이 좋다고 하더라. 몇 년 전에 약장수 오니깐 구경하러 갔는데 내가 나 태어난 날이며, 아들들 태어난 날이며, 딸들 태어난 날이며 다 말하니까, 다른 사람들한테 박수치라고 하더라. 여든다섯 살 된 할머니 중에 이런 할머니는 처음 봤대. 난 별로 잊어버리지 않아.

할머니 젊다, 젊어. 정말로 부러워요.

설 저를이 잇어시냐

하르방 잘도 곱닥허게
돌아갓져

할머니는 제일 행복했을 때가 언제예요?

이제가 제~일 행복허다!

아이고~ 아니! 편해서?

뼈 아픈 것뿐이주, 하르방 엇이난 하루 저물앙 누워도 "무사
누웜시니?"를 허카, 밥 안 먹어도 "무사 안 먹엄시냐?"를 허
카. 이제만이 행복헌 때가 엇다.

아이 진짜, 할머니! 나 막 감동적으로 책 쓰젠 해신디! "우리
자식 낳았을 때" 이런 말 기대해신디!

이제가 제~일 행복허다! 그전이 하르방 잇일 때도 이추룩 좋
아보지 않앗져. 먹을거영 무신거영.

그래도 할아버지 있을 때가 좋았댄 해야지!

(단호한 절레절레) 하르방은 돌아갈 때에 날그라 "아이고, 좋은 할망 만낭 오래오래 살앗져." 허멍 막 울어라게. 돌아가기 전날, 하르방 즈끗디 앚이난 "할망, 아무것도 엇인 집에 완 고생만 허멍 살게 허난 미안해여." 햄서라. 경핸 뒷날 돌아갓져.

그래도 할아버지 하고 싶은 얘기 하고 가셨네.

(끄덕끄덕) 그땐 경해라. 큰아방네 미깡 타래 가오난에 하르방이 침대에 앚아성게만은 내가 "무신거 먹읍디가?" 물어보난 "먹으멍 말멍" 하더니 "좋은 할망 만낭 오래오래 살앗져." 경 굴아네 한 달 살아진 거 닮다. 돌아가는 날은 아측 다섯 시 되난 하르방이 "어제도 화장실 못 간. 변비약 먹어보크라. 물 줘." 허난 물 줬주. 물 안내난 약 먹고 해신디, 여섯 시 되난 알동네 동규 할망 와서라. 난 "물 데왕 하르방 흔직 안내켜." 허멍 부엌에 가부난 하르방이 "할망 어디 가서? 재기 와." 하난 하르방 옆에 앚안 물 흔직 멕여신디 물을 내리지 못핸. 쫄쫄 흘리고. 나신디 3분은 가만 배리고, 눈도 탁 틀려불고 허난, 알동네 할망이 하르방 머리 받앙 눕졋주. 그것가 메기.

마지막?

응. 하르방 잘도 곱닥허게 돌아갓져.

아파하지 않고?

원 ᄒ나도. 숨도 크게 안 쉬고 돌아갓져. 이추룩 곱게 돌아가는 사람 엇댄 굴아라. 나도 그추룩 커신 아파그넹 경 돌아가민 오죽 좋으냐만은 어떵사 돌아가질지 모르켜.

아직 너무 많이 남아부난 걱정 안 해도 될 거!

(피식) 아무도 모르게 그자 살짝허게 죽어지민 그런 복이 어디시느니? 하르방추룩 돌아가지민 잘도 좋으켜. 죽는 복이 좋아사.

할머니 100살까지 살아야 하니깐 10년 남안. 10년!

종에 아판, 이디 걸어강 저거 지프는 것만 해도 잘도 아프다게.

·

무릎 10년 더 써야 되니깐 아프면 안 되는데.

경해도 오늘 감저 심그러 가신디, 못 심그카부댄 걱정해신디. 작년엔 감저 심글 때 막 아판 요래도 못 걸어가신디 오늘은 감저 심그고 와도 오래 잘 걸엇주.

오~ 할머니 점점 젊어졈신게. 앞으로 10년은 더 감저 심어야 되니깐!

할머니는 제일 행복했을 때가 언제예요?

이제가 제~일 행복하다!

아이고~ 아니! 편해서?

뼈 아픈 것뿐이지, 네 할아버지가 없으니까 해 저물 때까지 누워있어도 "왜 누워 있니?"라고 말하겠니, 밥 안 먹어도 "왜 안 먹니?"라고 말하겠니. 지금만큼 행복한 때가 없어.

아이 진짜, 할머니! 나 엄청 감동적으로 책 쓰려고 했는데! "우리 자식 낳았을 때" 이런 말 기대했다구요!

이제가 제~일 행복하다! 그전에는 할아버지가 있을 때도 이렇게 좋아보지 않았어. 먹을 거든 뭐든.

그래도 할아버지 있을 때가 좋았다고 해야지!

(단호한 절레절레) 할아버지는 돌아가실 때에 나보고 "아이고, 좋은 아내 만나서 오래오래 살았어." 하면서 많이 울더라. 돌아가기 전날, 할아버지 가까이에 앉으니 "여보, 아무것도 없는 집에 와서 고생만 하면서 살게 해서 미안해." 하더라. 그 말 하고 다음 날 돌아가셨어.

그래도 할아버지 하고 싶은 얘기 하고 가셨네.

하르방 잘도 곱닥허게 돌아갓져

(끄덕끄덕) 그땐 그러더라. 큰아빠네 귤 따러 갔다 오니까 할아버지가 침대에 앉아 있더니만 내가 "뭐라도 드셨어요?" 물어보니까 "먹었는지 말았는지" 하더니 "좋은 아내 만나서 오래오래 살았어." 하더라고. 그렇게 말하고는 한 달 살았던 것 같다. 돌아가시는 날에는 아침 다섯 시 되나깐 할아버지가 "어제도 화장실에 못 갔어. 변비약 먹어볼게. 물 줘." 하니깐 물 줬지. 물 건네니까 약 먹었는데, 여섯 시 되니까 아랫동네 동규 할머니가 왔더라고. 난 "물 데워서 할아버지 한 모금 드릴게." 하면서 부엌에 가버리니까 할아버지가 "여보 어디 갔어? 얼른 와."라고 해서 난 할아버지 옆에 앉아서 물 한 모금 먹였는데 물을 삼키지 못하더라고. 줄줄 흘려버렸어. 나를 향해 3분 동안 가만히 쳐다보고, 눈도 탁 틀어져 버리고 하니, 아랫동네 할머니가 할아버지 머리 받아서 눕혔어. 그것이 마지막.

마지막?
응. 할아버지 정말 곱게 돌아가셨어.

아파하지 않고?
원 하나도. 숨도 크게 안 쉬고 돌아가셨어. 이렇게 곱게 돌아가는 사람은 없다고 하더라. 나도 그렇게 조금만 아파서 그렇게 돌아가면 오죽 좋겠냐만은 어떻게 돌아갈지 모르겠다.

아직 너무 많이 남았으니까 걱정 안 해도 될 거!
(피식) 아무도 모르게 그저 살짝 죽을 수 있으면 그런 복이 어디 있겠어? 할아버지처럼 돌아갈 수 있으면 정말로 좋겠어. 죽는 복이 좋아야지.

할머니 100살까지 살아야 하니깐 10년 남았어, 10년!
종아리가 아파서, 여기까지 걸어가서 저거 짚는 것만 해도 너무 아파.

무릎 10년 더 써야 되니깐 아프면 안 되는데.
그래도 오늘 고구마 심으러 갔는데, 못 심을까 걱정했는데. 작년엔 고구마 심을 때 너무 아파서 요 근처에도 못 걸어갔는데 오늘은 고구마 심고 와도 오랫동안 잘 걸었어.

오~ 할머니 점점 젊어지고 있네. 앞으로 10년은 더 고구마 심어야 되니깐!

기 - 승 - 전 -
하르방 원망

그럼 지금 말고 옛날 중에서 행복했을 때는 언제예요?
하르방 일본 가분 때나 행복햇주.

할아버지 없을 때? 아~ 왜요!
아이고, 하르방 잇인 때는 술 먹엉이. 아이고, 그땐 양말 엇
일 때난 양말 내놓으랜 핸 빨앙 내불민, 고양이가 물어가신
지 재기 내놓지 못하민, 몬 와상와상 갈아 엎고 부스멍 쌉고
해낫져.

아이, 정말! "할아버지랑 결혼했을 때가 제일 행복했다." 이
런 얘기 기대해신디! 할아버지가 할머니 막 힘들게 했구나?
(할머니 표정이 말해주는 중) 아이고, 술 먹엉 술주정 잘도
해난이.

아이, 할아버지 안되켜. 할아버지 같은 사람 말앙 따뜻한 사람 만나야사켜.

이젠 경헌 사람 엇져. 그땐 술주정허는 사람 하난. 그땐 소주가 아니라 감저 썩은 걸로 술 담앙 먹어그네 술주정허는 사람이 하시녜게.

할아버지 술주정뱅이셨구나.

아들들은 술주정 하나도 안 함이라. 하르방은이 골아도 몰라.

그래서 할아버지 일본 가부난 속시원했구나.

일본 갓당온 후제도 경해라.

그래도 처음에 만났을 때는 좋았잖아요.

무슨 거 흔 1년사 좋앗주. 막 잘해주지도 않핸다. 어떵 막 잘해주느니?

그럼 지금 말고 옛날 중에서 행복했을 때는 언제예요?
할아버지가 일본에 가버린 때나 행복했었지.

할아버지 없을 때? 아~ 왜요!
아이고, 할아버지 있을 때는 술 먹고. 아이고, 그땐 양말이
별로 없을 때니까 양말 내놓으라고 해서 빨아서 두면, 고
양이가 물어갔는지 빨리 내놓지 못하면, 전부 갈아 엎어
버리고 부수고 싸우고 했었어.

아이, 정말! "할아버지랑 결혼했을 때가 제일 행복했다."
이런 얘기 기대했는데! 할아버지가 할머니 정말 힘들게
했구나?
(할머니 표정이 말해주는 중) 아이고, 술 먹고 술주정을
엄청 했었어.

아이, 할아버지 안되겠네. 할아버지 같은 사람 말고 따뜻
한 사람 만나야겠어.
이젠 그런 사람 없어. 그땐 술주정하는 사람이 많았어. 그
땐 소주가 아니라 고구마 썩은 걸로 술 담가 먹어가지고
술주정하는 사람이 많았었던 거지.

할아버지 술주정뱅이셨구나.

아들들은 술주정을 하나도 안 했어. 할아버지는 말해도 모
를 거야.

그래서 할아버지 일본 가버리니까 속시원했구나.
일본 갔다온 후에도 그러더라고.

그래도 처음에 만났을 때는 좋았잖아요.
무슨 한 1년 정도야 좋았지. 그렇게 잘해주지도 않았어.
어떻게 잘해줬겠니?

기 - 승 - 전 - 하르방 원망

하르방
돌앙온 날

두 분 처음 만났을 때 할아버지가 부끄러워하셨다고 했잖아요.
처음에 어떻게 만나셨어요?

난 그때 경모네 집이 살아낫져. 이디 강민이 할망이 나 사는 데
하르방 돌아왕 들어가랜 행 놔두민 나가불고, 또 나가불고. 한
동안은 부끄러웡 들어오지도 못해서, 하르방이.

하하. 할아버지한테 할머니네 집으로 들어가라고
했는데 부끄러워서 못 들어가겠다고 하셨다고?

응. 못 들어가쿠다 말도 안 하고, 저 할망이 보내
도 말엇이 기냥 돌아가불고.

아이고. 말도 못 하고? 할아버지를 할머
니네 집으로 보낸 이유는 둘이 연애하라고
보내신 거?

오게. 둘이 혼디 연애허라고 보낸 거주. 그때 하르방신디 나이 한 여자 궨당 잇어낫져. 그 여자 궨당이랑 혼디 나한테 옴 시작해그넹 어떵어떵사 해졋주.

아, 같이 갈 사람 잇으난 마음이 편해졌구나.
응. 같이 놀러 왓당 그 여자 궨당은 먼저 나가불고. 아멩해도 약속행 나갓주게.

하하. 그 궨당은 눈치껏 쏙 빠져줬구나.
그때도 좋아난 것이 엇어뵈다. 이제가 좋주.

지금은 남녀가 마음이 생겨야 만나잖아요. 그때는 어른들이 짝을 지어주면 만나는 거구나.
응. 아이고, 이제추룩 행복한 때가 없다. 옛날에는 엇어그넹, 친정 어멍네도 경 못살안. 옛날에는 좋은 거가 엇어뵈다. 이젠 먹을 것도 하고, 맛 좋은 것들도 잇고. 옛날에는 맛 좋은 것도 잇이카. 옛날에는 삼시세끼도 안 먹엇져. 물질허레 아측이 보리밥 혼직 먹어가민, 놈들은 밥 아정강 먹어도 난 밥을 안 가정간. 같이 먹을 게 엇이난. 저녁에사 와서 먹엇주. 물질허멍 어떵어떵 살아진디 원. 옛날 살아난 거 생각허면 어이가 엇어.

두 분 처음 만났을 때 할아버지가 부끄러워하셨다고 했잖아요. 처음에 어떻게 만나셨어요?

난 그때 경모네 집에 살았었어. 여기에 강민이 할머니가 내가 살고 있는 곳으로 할아버지를 데려와서 들어가라고 하면 할아버지가 나가버리고, 또 나가버리고. 한동안은 부끄러워서 들어오지도 못하더라고, 할아버지가.

하하. 할아버지한테 할머니네 집으로 들어가라고 했는데 부끄러워서 못 들어가겠다고 하셨다고?

응. 못 들어가겠다는 말도 안 하고, 저 할머니가 보내도 말없이 그냥 돌아가버렸어.

아이고. 말도 못 하고? 할아버지를 할머니네 집으로 보낸 이유는 둘이 연애하라고 보내신 거?

그치. 둘이 같이 연애하라고 보낸 거지. 그때 할아버지한 테 나이 많은 여자 친척이 있었어. 그 여자 친척이랑 같이 나한테 오기 시작하더니 어떻게 어떻게 진행됐었지.

아, 같이 갈 사람이 있으니까 마음이 편해졌구나.

응. 같이 놀러 왔다가 그 여자 친척은 먼저 나가버리고. 아무래도 둘이 약속하고 나갔을 거야.

하하. 그 친척은 눈치껏 쏙 빠져줬구나.

그때도 좋았던 것이 없었던 것 같아. 지금이 좋지.

지금은 남녀가 마음이 생겨야 만나잖아요. 그때는 어른들이 짝을 지어주면 만나는 거구나.

응. 아이고, 지금처럼 행복한 때가 없다. 옛날에는 없이 살아서, 친정어머니네도 그렇게 못살았어. 옛날에는 좋았던 게 없었던 것 같아. 이젠 먹을 것도 많고, 맛 좋은 것들도 있고. 옛날에는 맛 좋은 것이 있겠니. 옛날에는 삼시세끼도 안 먹었어. 물질하러 아침에 보리밥 한 술 먹고 가면, 다른 사람들은 밥을 가져 가서 먹었어도 난 밥을 가져 가지 못했어. 같이 먹을 게 없었어. 저녁에야 돌아와서 먹었지. 물질하면서 어떻게 살아왔는지 원. 옛날에 살았던 거 생각하면 어이가 없어.

하르방 돌앙온 날

어멍 엇이
살젠 허난

할머니 어렸을 적 얘기해줘요. 친구들이랑 법환에서 놀았던 거.

아이고, 그때도 그때만이 햇져. 난 한 11살엔가 어멍 이디 재혼행 와부난, 아이고 울멍살멍 허난 어떵사 살아신지 기억 안 남서.

아, 그때 어머니가 재혼하서서 할머니 속상하셨구나.

오게. 어멍 재혼행 와불고, 난 동카름^{법환의 한 지명} 할망이영 사춘이영 살멍. 아이고, 우리 어머니도 무시것사 재혼허레 와신지. 어멍 엇이 눔의 집에 살젠 허난 어떵사 살아져신지 몰라.

아버지는?

아버지는 일본서 오지 않아부난 아빠 얼굴도 몰랏주. 아빠는 나 마흔 넘엇어야 한국에 오난 그때야 봣져.

아~ 할머니 일본에서 태어났다고 했지? 아버지는 쭉 일본에
계셨구나.

응. 어멍이 새아빠신디 가부난 난 이모할망이영 살앗당 어명
햇당 허난 울멍 살앗져. 어멍 엇이 이녁 살젠 허민, 혼 열 살
난 살젠 허난 눈치 보고, 졸바로 살아져시냐게. 한 열멧 살
나사 어멍 사는 데 와그넹 혼디 살아신디, 어멍이영 이붓아
방이영 살젠 허민 눈치 봐지고 기십도 없고. 아이고, 살아져
신디 말아져신디. 그때 죽어져시민 오죽 좋을거냐.

어머니 재혼하시면서 친척들 집에서 살다가 시간이 좀 지
나서 어머니, 새아빠랑 같이 사셨구나. 그때도 많이 힘드셨
구나.

(끄덕끄덕) 이녁아방은 얼굴도 모르고. 게난 우리 어머니가
잘못이주게. 차라리 날 아방 잇인 일본드레 보내불지. 한 마
흔 넘엇어 일본서 우리 아버지가 와서라. 아방신디 내가 골
앗주게. "나 국민학교도 못 가고, 무사 이추룩 살게 내불어수
과?" 하난 우리 아버지가 허는 말이 자기는 일본드레 보내불
랜 해도 어머니가 ㅈ끗디 돌앙 사켄 허멍 일본 안 보낸댄 햇
댄. 거난 나만 고생하고 멍텅헌 거 돼빗주. 일본드레 보내불
어시민 영 고생허진 않아실거 아니.

어멍 엇이 살젠 허난

아빠는 자기한테 보내라고 했고, 엄마는 자기가 키울 테니 안 보내겠다고 했고, 근데 잘 돌보지 않았던 거네요?

응응. 그 재혼헌 아빠가 하도 빼까노난에 밥이 흐쑬 잘 안 되민 솟이영 밥이영 몬 엎어불고 싸우고 허난 잘도 힘들엇져. 잘도 힘들게 살아서. 게난 말 골을 생각도 엇고 어디 놀러갈 생각도 엇고 어떵사 살아져신디 모르켜 난. 결혼행 이디 와도 경 오망진 시누이들이 하도 시집살이 허고 하난, 아이고 나 삶은 어떵사 살아져신디사. 말 곧지 말라. 옛날 살아난 거 생각허민 아이고, 고생만 고생만. 암만 골아도 니넨 모른다게. 나의 역사는 몬 다끄랜 해도 다까지지가 않아.

할머니 어렸을 적 얘기해줘요. 친구들이랑 법환에서 놀았
던 거.
아이고, 그때도 그때만큼 힘들었어. 난 한 11살엔가 어머
니가 여기로 재혼해 오니까, 아이고 울며불며 살았으니
어떻게 살았는지 기억이 안 난다.

아, 그때 어머니가 재혼하셔서 할머니 속상하셨구나.
그치. 어머니가 재혼하시고, 난 동카름*법환의 한 지명* 할머
니랑 사촌이랑 살았지. 아이고, 우리 어머니도 뭐하러 재
혼하러 왔는지. 어머니 없이 남의 집에 살려고 하니까 어
떻게 살아졌는지 몰라.

아버지는?
아버지는 일본에서 돌아오지 않으셔서 아빠 얼굴도 몰랐
지. 아빠는 나 마흔 넘어서야 한국에 오셔서 그때야 봤어.

아~ 할머니 일본에서 태어났다고 했지? 아버지는 쭉 일
본에 계셨구나.
응. 어머니가 새아빠한테 가버리니까 난 이모할머니랑 살
았다가 어쨌다가 하며 울면서 살았어. 어머니 없이 혼자
살려고 하니까, 한 10살 돼서 지내려고 하니까 눈치 보게
되고, 제대로 살 수 있었겠니. 한 열 몇 살 되어서야 어머

어멍 엇이 살젠 허난

니가 사는 곳으로 와서 같이 살았는데, 어머니랑 의붓아
버지랑 같이 살려고 하니 눈치 보게 되고 기운도 없었어.
아이고, 살아졌는지 말았는지. 그때 죽을 수 있었으면 오
죽 좋았겠니.

어머니 재혼하시면서 친척들 집에서 살다가 시간이 좀
지나서 어머니, 새아빠랑 같이 사셨구나. 그때도 많이 힘
드셨구나.
(끄덕끄덕) 우리 친아빠는 얼굴도 몰랐지. 그러니 우리 어
머니가 잘못이지. 차라리 날 아버지가 계신 일본으로 보
내주시지. 한 마흔 넘어서 일본에서 우리 아버지가 오셨
더라고. 아버지한테 내가 말했지. "나 국민학교도 못 가
고, 왜 이렇게 살게 내버렸어요?" 하니까 우리 아버지가
하는 말이 자기는 일본으로 보내라고 했는데 어머니가
자기 가까이에 데리고 살겠다고 하면서 일본에 안 보내
겠다고 했대. 그렇게 나만 고생하고 멍청한 게 되어버렸
지. 일본으로 보내버렸으면 이렇게 고생하진 않았을 거
아니겠어.

아빠는 자기한테 보내라고 했고, 엄마는 자기가 키울 테
니 안 보내겠다고 했고, 근데 잘 돌보지 않았던 거네요?
응응. 그 재혼한 아빠가 하도 사나워서 밥이 조금 잘 안

되면 솥이랑 밥이랑 전부 엎어버리고 싸워서 정말 힘들었어. 정말로 힘들게 살았어. 그러니 말할 생각도 없고 어디 놀러갈 생각도 없고 어떻게 살아졌는지 모르겠어 난. 결혼해서 여기 와도 그렇게 똑 부러지는 시누이들이 하도 시집살이 하니까, 아이고 내 삶은 어떻게 살아진 건지. 말도 마라. 옛날에 살아왔던 거 생각하면 아이고, 고생만 고생만. 아무리 말해도 너희는 모른다. 나의 역사는 다 닦으라고 해도 닦이지가 않아.

나 아래 남동생
♀섯 사람

우리 어멍이랑 친아방이랑 난 아들들, 나 아래 남동생 ♀섯
사람 잇언.

하하하하. 여섯 멍이나?

응. 뚤은 나 ᄒ나고. 어멍은 무신거신디사 이디 재혼행 오난
나도 잘도 고생하고 어멍도 잘도 고생햇져. 우리 동생들은
일본에 ♀섯 개가 잇고 조캐들도 잇댄 햄서라만은 죽어사신
디 살아사신디 알아졈냐게.

그러게요. 요즘 같았으면 연락이라도 했을 건데, 그때는 그
런 게 어려웠으니까.

중간에 동생들 몇 개 와남은 햇져게. 이디 왕 자고 가고.

일본에 계신 아버지네 자식들? 할머니네 남동생들?

응. 이디 네 성제인가 와낫져게. 친아방이 이디 완 ᄒᆞᆫ쏠 살앗주게. 아방네가 이디 완 서귀포에 ᄒᆞᆫ쏠 살앗엇지. 경하주만은 이제 ᄒᆞᆫ번 보지못행 죽어질 거 막 원 된다.

나에게 미션이 주어졌네. 일본에 가서 할머니의 동생들을 찾아라! 몇 다리만 건너면 알 수 있을 것 같은데. 동생들 이름 기억 나지요?
이름도 몰라. 일본 이름으로 허난 어떵 아느니?

아, 아예 한국말을 모르시는 거예요?
응. 몰라. 일본서 태어나난게.

아, 부모님은 다 한국 분이신데 동생들은 일본에서 태어나서 쭉 살았으니까 일본인처럼 사신 거구나. 동생분들 이름 모르는 것이 안타깝네요. 할머니, 근데 법환에 할머니 여동생들 있잖아요. 그분들은 어떻게 된 거예요?
아, 건 어멍이 이디 재혼행 완에 난 거. 그디는 고칩이고 난 신칩이고.

아, 신칩이 동생들은 일본에 있고, 재혼한 아버지네 자식들은 법환에 계시고?

응. 일본엔 몬 남동생. 남동생만 오섯 사람이 잇이녜. 게난 우리 아버지가 아들만 오덥 개라나서. 위에 오빠들 둘 잇엇인디 죽어불고, 똘은 나 ᄒᆞ나. 일본서는 똘 하나도 엇어부난, 여섯 번째도 아들 낳아부난 영장 난 집만이 울엇댄 한다. 똘 나젠 낭 보민 아들, 똘 나젠 낭 보민 아들.

근데 할머니도 일본에서 태어났다고 하셨지 않아요?

어멍이 아버지영 일본 강 살아신디 어멍이 어멍의 어멍을 막 보구정 해랜. 아들 성제에 나꾸지 세 개 돌앙 오고랜 햄져. 나 막 어렸을 때. 기어다닐 때.

아, 아버지는 그대로 일본에 계시고, 어머니랑 자식들만 제주로 돌아온 거구나. 할머니 막 어렸을 때?

응. 우리 아버지는 지레가, 아이구. 지레 막 크고, 옆으로도 이만 하고.

할머니가 아버지 닮아서 키가 크시구나. 우리 아빠도 그 유전자 물려받으셨네.

아방이영 똑 닮앗젠 한다. 일본 가난이 우리 동생들이 나영 아방이영 닮앗젠 일본말로 골아라.

아? 할머니도 동생 보러 일본 갔었어요?
일본 김치 공장에서 일할 때. 몬딱은 안 보고 막내영 조캐영
보난에 똑 아방 닮앗젠. 날ㄱ라 얼굴이 똑 아방 닮앗젠.

그렇구나. 일본에서 할머니 동생들 자손들도 막 자라고 있겠
다. 우리 또래 손자들, 손녀들 있겠네.
응. 죽어사신디 살아사신디 알아지크냐.

방송 같은 데 물어보면 찾아줄 건가? 이름만 알아도 찾기 쉬
울 텐데.

나 아래 남동생 ㅇ섯 사람

우리 어머니랑 친아빠가 낳은 아들들, 나 아래에 남동생이 여섯 명 있었어.

하하하하. 여섯 명이나?

응. 딸은 나 하나뿐이었어. 어머니가 어쩐 일인지 여기로 재혼해 오니 나도 너무 고생하고 어머니도 너무 고생하셨어. 우리 동생들은 일본에 여섯 명이 있고 조카들도 있다고 하더라만은 죽었는지 살았는지 알 수가 없어.

그러게요. 요즘 같았으면 연락이라도 했을 건데, 그때는 그런 게 어려웠으니까.

나중에 동생들 몇 명이 오긴 했었어. 여기 와서 자고 갔었어.

일본에 계신 아버지네 자식들? 할머니네 남동생들?

응. 여기에 네 형제인가 왔었지. 친아빠가 여기 와서 조금 살았었어. 아버지네가 여기 와서 서귀포에서 조금 살았었지. 그런데 이제 한번 보지 못하고 죽게 되는 게 너무나도 한이 된다.

나에게 미션이 주어졌네. 일본에 가서 할머니의 동생들을 찾아라! 몇 다리만 건너면 알 수 있을 것 같은데. 동생들 이름 기억 나지요?

이름도 몰라. 일본 이름으로 되어 있으니 어떻게 알겠니?

아, 아예 한국말을 모르시는 거예요?

응. 몰라. 일본에서 태어났으니까.

아, 부모님은 다 한국 분이신데 동생들은 일본에서 태어나서 쭉 살았으니까 일본인처럼 사신 거구나. 동생분들 이름 모르는 것이 안타깝네요. 할머니, 근데 법환에 할머니 여동생들 있잖아요. 그분들은 어떻게 된 거예요?

아, 그건 어머니가 여기 재혼하러 와서 낳은 동생들. 거기는 고가고 난 신가고.

아, 신가 동생들은 일본에 있고, 재혼한 아버지네 자식들은 법환에 계시고?

응. 일본엔 전부 남동생. 남동생만 여섯 사람이 있어. 그러니 우리 아버지가 아들만 여덟 명이었어. 위에 오빠들 둘 있었는데 죽어버리고, 딸은 나 하나. 일본에서는 딸이 하나도 없어서, 여섯 번째도 아들 낳아버리니까 초상집만큼 울었다고 하더라. 딸 낳으려고 했는데 낳아보면 아들, 딸 낳으려고 했는데 또 아들.

근데 할머니도 일본에서 태어났다고 하셨지 않아요?

어머니가 아버지랑 일본 가서 살았는데 어머니가 본인의 어머니를 너무 보고 싶어했다. 아들 형제에 나까지 세 명 데려서 왔다고 하더라. 나 아주 어렸을 때. 기어다닐 때.

　　　　　　　　　나 아래 남동생 으섯 사람

아, 아버지는 그대로 일본에 계시고, 어머니랑 자식들만 제주로 돌아온 거구나. 할머니 많이 어려웠을 때?
응. 우리 아버지는 키가, 아이구. 키가 정말 크고, 옆으로도 이만큼 하고.

할머니가 아버지 닮아서 키가 크시구나. 우리 아빠도 그 유전자 물려받으셨네.
아버지랑 꼭 닮았다고 하더라. 일본에 가니까 우리 동생들이 나랑 아버지랑 닮았다고 일본말로 말하더라.

아? 할머니도 동생 보러 일본 갔었어요?
일본 김치 공장에서 일할 때. 동생들 전부 본 건 아니고 막냇동생이랑 조카랑 보니까 꼭 아버지 닮았다고 하더라. 나보고 얼굴이 꼭 아버지 닮았대.

그렇구나. 일본에서 할머니 동생들 자손들도 잘 자라고 있겠다. 우리 또래 손자들, 손녀들 있겠네.
응. 죽었는지 살았는지 알아지겠니.

방송 같은 데 물어보면 찾아줄 건가? 이름만 알아도 찾기 쉬울 텐데.

뛰는 시누이 위에
나는 할머니

제일 서러웠을 때는 언제예요?

나 막 서룬 때가 잇어낫져. 이디 할망^{시어머니}네 똘들이 ᄋ섯 개주게.

시어머니 딸? 할아버지 여자 형제들이 그렇게 많았다구요?

느네 할아버지가 이디 양자 와시녜. 양자 오난 누이들이 ᄋ 섯 개여신디 하나 죽어부난 다섯 개. 아이고, 그 누이 다섯 개가 잘도 ᄋ망져낫져.

아유, 할아버지네 누나들이 할머니 못살게 굴언?

응.

아이고, 시누이짓 했구나!

응. 아이고, 느네 아방은 낳고 족은아방은 안 낳은 때라. 한

12월 달쯤 된 때에 밤에 '부산할망'막내 시누이이 우리집이 완 앚
아서. 그때는 초집이었주. 이 집도 지네가 지어주엇댄, 난간
도 지가 놓아주엇댄 허멍, 하도 닥닥닥닥 해가난, 그 시누이
보고 내가 좋수댄게, "나 이칩이 애기들 잇이난 이칩이 배끄
띠는 못 나가도 요 집만큼은 나가크매 걱정맙서!"랜 햇주.

아, 그 부산할망이라는 막내 시누이가 자기가 집 지었다고
생색내면서 할머니한테 뭐라고 한 거?

응. 그 부산할망이. 그 어른이 왕 하도 닥닥햇주. 게난 내가
좋수댄 해부런. 이칩이는 나가젠 허믄 애기들 다 떼어뒁 나
가야 헐 거 아니냐. 게난 이칩이 배끄띠는 나가켄 말은 못해
도 나 이 집만큼은 나가크매 걱정맙샌 햇주.

할머니도 성질나니깐 이 집 나가겠다고 한 거구나?

응. 그때는 지금 해녀식당 허는 쪽에 고모할망네 집이 잇어
낫져. 거기에 애들 데려강 석 달 살앗져.

아, 너무 서러워서? 할머니, 할아버지, 애기들도 같이?

응. 그 다음에는 족은하르방네 웃동네 살아신디 거기 가불젠
햇져. 겐디 그 전에 명오 하르방이라고 막 엄중한 하르방 잇

어낫주.

명오 하르방? 그분은 할머니 편?

응. 나 편이주. 웃동네 가기 전에 명오 하르방신디 갓져. 그 하르방신디 강 "내일 우리 웃동네 가믄 이 집은 끝이우다." 골아붼.

아, 그럼 그 할아버지가 그 말 듣고 할머니 붙잡았겠구나?

응. "우리 저 윗동네 가불민 이딘 끝이우다." 행 골아부난 그 하르방이 시누이들신디 가그넹 "윗동네 가불민 끝이난 니네들이 가그넹 살림들 설러오라."라고 해신고라. 밤 3시 된 때에 누웡자젠허난 시누이들이 몬딱 설러와부런.

뭘 설러와?

이불이여, 솟이여, 뭐여 몬딱 이 집으로 다 설러와부런.

할머니네 살고 있던 그 아랫동네 집에 못 살게?

응. 그 집에 못 살게 지금 사는 이 집으로 물건들을 다 가져와. 시누이들이.

아… 할머니네가 원래 살던 집으로 몸 들어올 수밖에 없게?

응. 그 똘들이 철구루마로 몬딱 들러와부런.

아~ 그 상황에서 시누이들이 할머니한테 잘해준다고 말한
게 아니라, 그냥 물건을 옮겨버렸구나.

오게. 물건들이 이 집으로 와사 우리들이 이 집으로 들어온
댄 헌 거주. 애들이영 다같이 밑에 집에 석 달 살다가, 물건
들 옮겨분 날 돌아와시녜.

잘도 밉다이. 그땐 시누이들이 어떵 할머니 힘들게 했어요?

아이고, 그때는 먹을 것도 요만이도 엇이난, 보리 나면 보리
해다그넹 까끄지도 않앵 그냥 갈아당 배고프민 그거나 조베
기 해먹고, 먹을 것가 하나도 없고, 사먹젠 해도 돈도 없고
그러는데 그 할망들은 무사 경헌건지 모르켜. 시집살이 나ㄱ
치 헌 사람 없다.

왜 그렇게 못살게 군 거래요?

무사 경해신지 모르크라. 이제랑 들어보고 싶다. 그때 무사
경해시녠.

뛰는 시누이 위에 나는 할머니

잘못한 것도 없는데 미워한 거?

응. 잘못헌 것도 엇인디게. 잘못허젠 해도 잘못헐 거가 엇어 낫쪄. 뭐가 잇어시니게? 경해도 그 물건 설러완 이디 완 산 후젠 시누이들이 막 잘해줘라.

아, 그 다음엔 잘해줘? 진작에 그랬어야지! 할머니 다른 집 가버린 거 잘한 일인게. 또 떠나불면 자기네들이 손해니까.

응. 내가 이 집 밖에 나가켄 골앗어도 진짜 나갈 줄은 몰라실 거여.

제일 서러웠을 때는 언제예요?

나 정말 서러웠던 때가 있었어. 여기 할머니[시어머니]네 딸
들이 여섯 명이야.

시어머니 딸? 할아버지 여자 형제들이 그렇게 많았다
구요?

너희 할아버지가 여기에 양자로 왔어. 양자로 오니 누이
들이 여섯 명이었는데 하나 죽어버려서 다섯 명. 아이고,
그 누이 다섯 명이 너무 똑 부러졌어.

아유, 할아버지네 누나들이 할머니 못살게 굴었어?

응.

아이고, 시누이짓 했구나!

응. 아이고, 너희 아빠는 낳고 작은아빠는 아직 안 낳은
때에 있었던 일이지. 한 12월 즈음 밤에 '부산할머니'[막내
시누이]가 우리 집에 와서 앉더라고. 그때는 초가집이었어.
이 집도 본인들이 지어주었다며, 툇마루도 본인이 놓아주
었다며, 너무나도 닥닥닥닥 하니까, 그 시누이보고 내가
알겠다고, "나 이씨 가문 아기들이 있어서 이씨 가문 밖으
로는 못 나가도 이 집만큼은 나갈 테니까 걱정 마세요!"라
고 했지.

뛰는 시누이 위에 나는 할머니

아, 그 부산할머니라는 막내 시누이가 자기가 집 지었다고 생색내면서 할머니한테 뭐라고 한 거?

응. 그 부산할머니가. 그 어른이 와서 너무 잔소리를 했어. 그러니 내가 알겠다고 해버렸지. 이씨 가문을 나가려고 하면 아기들 다 떼어두고 나가야 할 거 아니니. 그러니 이씨 가문 밖으로 나가겠다고 말은 못 해도 내가 이 집만큼은 나갈 테니 걱정 말라고 했지.

할머니도 성질나니깐 이 집 나가겠다고 한 거구나?

응. 그때는 지금 해녀식당 하는 쪽에 고모할머니네 집이 있었어. 거기에 애들 데려가서 석 달 살았어.

아, 너무 서러워서? 할머니, 할아버지, 아기들도 같이?

응. 그 다음에는 작은할아버지가 윗동네에 살았는데 거기로 가려고 했어. 그런데 그 전에 명오 할아버지라고 아주 엄중한 할아버지가 있었지.

명오 할아버지? 그분은 할머니 편?

응. 나 편이지. 윗동네로 가기 전에 명오 할아버지한테 갔었어. 그 할아버지한테 가서 "내일 우리 윗동네 가버리면 이 집과의 인연은 끝이에요." 말해버렸지.

아, 그럼 그 할아버지가 그 말 듣고 할머니 붙잡았겠구나?
응. "우리 저 윗동네로 가버리면 여긴 끝이에요." 하며 말
하니 그 할아버지께서 시누이들한테 가서 "윗동네 가버
리면 끝이니까 너희들이 가서 살림들 가져오라."라고 했
나 봐. 새벽 3시에 누워서 자려고 하니까 시누이들이 전
부 가져와버렸어.

뭘 가지고 와?
이불이랑, 솥이랑, 이것저것 전부 이 집으로 다 가지고
와버렸어.

할머니네 살고 있던 그 아랫동네 집에 못 살게?
응. 그 집에 못 살게 지금 사는 이 집으로 물건들을 다 가
져왔어. 시누이들이.

아… 할머니네가 원래 살던 집으로 몸 들어올 수밖에 없게?
응. 그 딸들이 철수레로 전부 들고 와버렸어.

아~ 그 상황에서 시누이들이 할머니한테 잘해준다고 말
한 게 아니라, 그냥 물건을 옮겨버렸구나.
그치. 물건들을 이 집으로 옮겨와야 우리들이 이 집으로
들어온다고 한 거지. 애들이랑 다같이 아랫동네 집에서

석 달 실다가, 물건들 옮겨버린 날에 돌아왔어.

진짜 밉네. 그땐 시누이들이 어떻게 할머니 힘들게 했
어요?
아이고, 그때는 먹을 것도 이만큼도 없으니까, 보리 나면
보리 해다가 깎지도 않고 그냥 갈아다가 배고프면 그거
나 수제비 만들어서 먹고, 먹을 것이 하나도 없고, 사먹으
려고 해도 돈도 없고 힘들었는데 그 할머니들은 왜 그랬
는지 모르겠어. 시집살이 나처럼 한 사람 없다.

왜 그렇게 못살게 군 거래요?
왜 그랬는지 몰라. 이제는 들어보고 싶다. 그때 왜 그랬
는지.

잘못한 것도 없는데 미워한 거?
응. 잘못한 것도 없는데 말이야. 잘못하려고 해도 잘못할
것이 없었어. 잘못할 만한 게 뭐가 있었겠어? 그래도 그
물건 가져오고 여기 와서 산 이후에는 시누이들이 아주
잘해주더라.

아, 그 다음엔 잘해줬어? 진작에 그랬어야지! 할머니 다
른 집으로 가버린 거 잘한 일이네. 또 떠나버리면 자기네

들이 손해니까.

응. 내가 이 집 밖으로 나가겠다고 했어도 진짜 나갈 줄은
몰랐을 거야.

할머니 책이
세상에 나온대요

할머니, 할머니가 주인공인 책이 이제 세상에 나올 거예요!
어때요?

(손사래) 아이고, 나 이름도 곧지 말라게.

아유, 할머니! 무사!

놈들 웃나게!

무슨! 할머니의 얘기가 제주의 역사야. 다른 사람들 공부도
되는 거! 할머니 이야기 들으면서 '아, 제주도 할머니들이 이
렇게 살아왔구나. 제주어가 이렇게 맛깔나는구나.' 생각하고
배우는 거지.

(은은한 미소) 법환이 사람들도 이 책 알아불 거 아니냐?

왜, 그럼 어때요?

(미소 장착) 아이고, 웃지 않으크냐게.

할머니, 진짜! 난 잘도 뿌듯허켜, 내 손지가 내 이야기 책으로
써준다고 하면! 할머니 말은 이렇게 하셔도 얼굴 보면 엄청
웃고 계셔. 말할 때도 완전 신나시고. 할머니 그래도 좋죠?
좋주만은 아이고, 글도 모르곡 헌 할망거 이추룩헌 거 나왓
젠 하민 웃는 사람들 잇일 거 아니라?

아이고, 손녀뚤이 요망지게 할머니 얘기 듣고 글로 써주고
다 부러워하주게! 이미 친척 어른들께도 다 말씀드렸어요.
할머니 책 쓰고 있다고. 책 완성해서 설날 때 가져와서 자랑
할 거예요.
(어느새 함박웃음) 하하. 손지가 요망지난에. 요망진 손지 잇
이난 요런 거도 햄주.

할머니 책이 세상에 나온대요

할머니, 할머니가 주인공인 책이 이제 세상에 나올 거예요! 어때요?

(손사래) 아이고, 나 이름도 말하지 마라.

아유, 할머니! 왜!

다른 사람들 웃는다!

무슨! 할머니의 얘기가 제주의 역사야. 다른 사람들 공부도 되는 거! 할머니 이야기 들으면서 '아, 제주도 할머니들이 이렇게 살아왔구나. 제주어가 이렇게 맛깔나는구나.' 생각하고 배우는 거지.

(은은한 미소) 법환 사람들도 이 책 알아버릴 거 아니야?

왜, 그럼 어때요?

(미소 장착) 아이고, 웃지 않겠어?

할머니, 진짜! 난 정말 뿌듯할 것 같아, 내 손녀가 내 이야기를 책으로 써준다고 하면! 할머니 말은 이렇게 하셔도 얼굴 보면 엄청 웃고 계셔. 말할 때도 완전 신나시고. 할머니 그래도 좋죠?

좋긴 하지만 아이고, 글도 모르는 할머니의 책이 나왔다고 하면 웃는 사람들 있지 않겠어?

아이고, 손녀딸이 야무지게 할머니 얘기 듣고 글로 써주고 다 부러워하지! 이미 친척 어른들께도 다 말씀드렸어요. 할머니 책 쓰고 있다고. 책 완성해서 설날 때 가져와서 자랑할 거예요.

(어느새 함박웃음) 하하. 손녀가 야무진 덕분이지. 야무진 손녀가 있어서 이런 것도 할 수 있는 거지.

할머니 책이 세상에 나온대요

 rannie0720　　　　　　　　　···

♡　💬　✈　　　　　　　　　　　🔖

rannie0720 울 할머니랑 데이트! 🖤

할머니를 병원에 모시고 오라는 특명을 받고,
오늘 하루, 신술길 여사님의 매니저!

돌아오는 길에 드라이브 하면서 할머니의 이야기보따리 개봉!
요즘 상군해녀 출신 울 할머니의 옛날 이야기를 듣는 게 제일 재밌다! 😌 🖤
큰아빠는 뱃속에, 3살짜리 어린 큰고모는 뗏목 위에 앉혀두고 물질을 했다는
그 시절 이야기. 해녀들이 먼바다로 물질을 나갈 때 뗏목을 저으며 불렀던 '이
어도사나' 노래는 정말 끝내주었다는 이야기

참 소중하다. 이야기도, 할머니도 🫶

내가 해녀학교를 졸업한 것도, 제주 노래를 부르게 된 것도
할머니의 영향이 8할이지 않았을까!

#상군해녀 #할망 #해녀지망생 #손녀 #할머니의이야기보따리
#사랑해요 #소중해요

 rannie0720   •••

♡ 💬 ✈   • • • • •   🔖

rannie0720 #응답하라제주할망
[할망의 이야기, 손녀딸이 듣고 기록하다]

할머니의 옛날 이야기를 듣는 게 그렇게 재밌었다.
더 늦기 전에 할머니의 역사를 기록으로 남기고 싶었다.
드디어 올해, 할머니와의 인터뷰를 책으로 제작하게 되었다.

 "할머니 책 나온다니 어때요?"라는 질문에 '발끈+수줍'하시는 할머니!
할머니 이야기의 가치를 강력하게 어필하는 손녀딸!
 '요망진 손녀딸'이 할머니 이야기를 책으로 만든다고 셀프 칭찬하는
요망짐 보소 😏 😎 😝
 어느새 함박웃음 짓고 계신 할머니. 이 얼굴은 나의 행복이어라!

#3단계표정변화 #할머니미소본순간 #값진일하고있구나 #행복🤍

라니쌤의
제주어 교실

제주어	의미	할머니 예문
어멍	엄마	어멍네가 당신네들은 일하러 밧디 가불고 어멍 대신 날 출력 보내시녜게.
아방	아빠	우리 동생들이 나영 아방이영 닮앗젠.
할망	할머니	그때 101살 난 돌아간 할망 잇어낫져.
하르방	할아버지	하르방추룩 돌아가지민 잘도 좋으켜.
도새기	돼지	도새기 잡는 날 하루, 가문잔칫날 하루, 시집 가고 허는 날 하루, 영 3일 해시녜.
지슬	감자	지슬도 베랑 엇어낫져.
감저	고구마	우리도 친정어멍부터 가난해부난 감저만 감저만 먹엇주.
물건	해산물	바당으로만 이제꾸지 살아신디 바당에 물건도 엇곡.
구제기	소라	그루후제 구제기나 전복도 행 잡고.
메역	미역	메역으로 행 집 짓인 값도 물고
고팡	광, 창고	지금 화장실 있는 자리는 그땐 고팡이연.
우영팟	텃밭	이 땅이 몬 우영팟이라시녜.
이녁	자기	이녁껀디 누게가 일당 주느니?

제주어	의미	할머니 예문
궨당	친척	가문잔칫날은 궨당들만 왕 먹을 거로 해신디 눔들도 왕 먹고.
지레	키	우리 아버지는 지레 막 크고, 옆으로도 이만 하고.
미녕	무명천	그땐이 미녕이랜 하는 영영 짜는 거가 잇어낫져.
ㅇ망지다	야무지다	ㅇ망진 손지 잇이난 요런 거도 햄주.
두리다	어리다	3살 두린 아이는 뗏목 우티 태우곡 부른 배로 물질해시녜.
욱다	나이가 들다	난 막 욱도록 물질허지 못햇주.
실프다	싫다, 귀찮다	남자친구랜 하는 거는이, 난 그런 거 허기 실펑 안 해낫져.
하다	많다	이젠 먹을 것도 하고, 맛 좋은 것들도 잇고.
히다	헤엄치다	바당에 강 파닥파닥 히고.
곧다	말하다	게나저나 아무리 골아도 니네 우리 체얌에 살아난거 몰른다.
곱다	숨다	그때 폭도 왐젠 허민 몬 곱으래 가부럿주.
잇어	있어(있다)	그땐 무신 옷이 잇어시냐? (활용: 잇어시냐, 잇어시니, 잇어낫져)

라니쌤의 제주어 교실

제주어	의미	할머니 예문
엇어	없어(없다)	옛날 살아난 거 생각허면 어이가 엇어. (활용: 엇다, 엇인디, 엇나게, 엇엇인디, 엇댄, 엇엇주게, 엇언)
~크라(~켜)	~겠어	무사 경해신지 모르크라. (활용: 모르크라, 하켜, 모르켜, 알아지켜)
~니게(크냐)	~겠어?	아이고, 웃지 않으크냐게. (활용: 아크니게, 하느니게)
~그넹	~서(해서)	그런 거 짜그넹 집이서 목화솜으로 해그넹. 미녕으로 베짜듯 해그넹.
~부난	~했기 때문에	폭도들이 불 붙여부난 한 20가구 타신가?
~앙	~서(해서)	아이고, 오래 살앙 무신거헐 거니? (활용: 영행, 상, 섞엉)
~직하다	~듯하다	점심 아져가지 못햄직허난.
조끗디	근처에	하르방 조끗디 앚이난 "할망, 아무것도 엇인 집에 완 고생만 허멍 살게 허난 미안해여." 햄서라.
재기	빨리	점심 못 아져가난 재기 와붑서.
흔디	함께	둘이 흔디 연애허라고 보낸 거주.
흔저	얼른	흔저 밧디 가라.
아멩	아무리	아멩 골아도 느넨 모를거여.
무사	왜	무사 안 먹엄시냐?

제주어	의미	할머니 예문
~추룩	~처럼	이제추룩 행복한 때가 엇다.
잘도	정말로	하르방 잘도 곱닥허게 돌아갔져.
베랑	별로	그 시절에는 연애하는 사람들이 베랑 엇엇져.
어떵사	어찌	어떵사 살아져신지 모르켜.
게난	그러니까	게난 해녀 행 이만이라도 성공했주.
후쏠	조금	일찍 태어나시민 학교라도 댕기고 공부도 후쏠 해져실건디.
몬(몬딱)	모두, 다	나의 역사는 몬 다끄랜 해도 다까지지가 않아.
하영	많이	애들 하영 낳아나부난 잘 알주.
~영	~랑	해녀 할망들이영 일본 여행 간 게 처음으로 비행기 타 본 거.
이디	여기	우린 이디 새영 뭐영 아무것도 엇인 집이연.
그디	거기	그디 반 아져가고 이녁이 반 아져오고.
이레	여기, 이리	저레 하나 놓고 이레 하나 놓고.
저레	저기, 저리	저레 하나 놓고 이레 하나 놓고.
영	이렇게	그때 나무로 영 세우는 날 왓져.
경	그렇게	경 오래 갓져게.

라니쌤의 제주어 교실

굴아사 흔쓸이라도 압니께
들어야 흔쓸이라도 압니께

말해야 조금이라도 압니다.
들어야 조금이라도 압니다.

　당신의 할머니가 당신의 나이였던 그 시절 이야기를 들어
본 적 있는가. 그때 그 시절, 옷은 어떻게 갖춰 입었는지 물
은 어떻게 구해 먹었는지 알고 있는가.

　할머니께서 그 시절 이야기를 들려주실 때 자주 하시는 말
씀이 있다.
　"우리 살아난 건 굴아도 몰라."

　할머니가 살아오셨던 그 세월을 아무리 말해도 지금 세대
의 우리들은 모른다고 하신다. 우리의 상상 그 이상으로 고

되었고 치열했기에. 할머니의 말씀대로 우리는 직접 겪어보지 않은 일이기에, 할머니의 아픔과 고됨을 온전하게 이해하지 못할지도 모른다. 얘기를 듣는 것과 경험하는 것은 완전히 다른 일이기에.

 하지만 들어야 안다. 들어야 한다. 할머니의 이야기를 듣기 전까지는 시장에서 천을 사다 옷 만들어 입는 것까지가 내 상상력의 끝이었다. 목화솜을 재배하는 일부터 시작해 실을 짜고, 실로 천을 만드는 과정은 나의 상상력 너머에 있는 일이었다. 아무의 도움 없이 혼자서 애를 낳는 것 자체가 가능한지 생각도 하지 못했었다. 수돗물 먹던 시대에서 물을 사서 먹는 시대로의 변화만 생각했었지, 물을 얻기 위해 추운 겨울에도 먼 길을 걸어 물을 길어 왔다는 그 시절 이야기는 내 머릿속에 없었다. 어쩌면 할머니 시대에는 어떻게 살았지 하는 궁금증조차 없었던 것 같다.

 할머니의 이야기에 귀를 기울이면서 비로소 알게 되었다. 그 시절의 옷, 물, 음식 등 할머니가 살아왔던 제주의 이야기를 들으며 할머니를 마음 다해 이해할 수 있게 되었다. 할머니의 아픔과 열악했던 터전들, 할머니의 이야기에 귀를 기울

이고 나서야 알게 되었다. 그때에 비하면 '지금은 대통령 삶'
이라는 말씀을 들으며 지금 우리에게 주어진 것이 당연한 것
이 아니라 너무나도 소중한 것이었음을 깨닫게 된다. 우리가
겪어보지 못했던 그 시절의 보물 같은 이야기들을 들어야 한
다. 인생을 먼저 살아간 어른들의 이야기에서 배워야 한다.

하지만 어른들의 이야기를 들을 수 있는 이 시간은 영원
하지 않다. 더 늦기 전에 어른들을, 이야기를 찾아가야 한다.
이제라도 찾아뵙고 이야기 듣고 기록을 남겨야 한다. 어른들
의 이야기, 그때 그 시절 이야기에 호기심을 가지고 대화를
시작하자. "할머니 때는 어땠어요?"로 이야기를 시작해보자.
우리의 상상 이상으로 애잔한 이야기들이 펼쳐지고, 그 이야
기들로 인해 몇십 년의 세월을 넘어 하나로 연결될 수 있을
것이다.

응답하라 제주할망

2023년 11월 15일 초판 1쇄 발행

이야기	신술길
지은이	이경란
펴낸이	김영훈
편집	김지희
디자인	이은아
편집부	부건영, 강은미, 김영훈
펴낸곳	한그루
	출판등록 제6510000251002008000003호
	제주특별자치도 제주시 복지로1길 21
	전화 064-723-7580 전송 064-753-7580
	전자우편 onetreebook@daum.net 누리방 onetreebook.com

ISBN 979-11-6867-129-4 (03810)

이 책은 2023년 제주특별자치도교육청 '우리 선생님 책 출판 지원 사업' 공모 선정작입니다.

값 16,000원